青鳥

目川文化

目錄

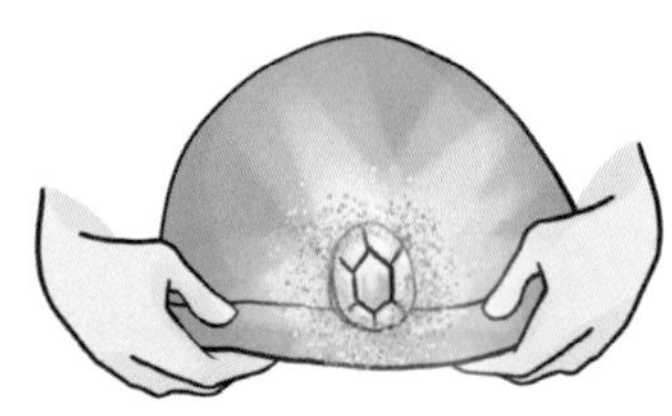

☆【推薦序】

陳欣希（臺灣讀寫教學研究學會理事長、曾任教育部國中小閱讀推動計畫協同主持人）

我們讀的故事，決定我們成為什麼樣的人！

經典，之所以成為經典，就是因為──其內容能受不同時空的讀者青睞，而且，無論重讀幾次都有新的體會！

兒童文學的經典，也不例外，甚至還多了個特點──適讀年齡：從小、到大、到老！

◇年少時，這些故事令人眼睛發亮，陪著主角面對問題、感受主角的喜怒哀樂……，漸漸地，有些「東西」留在心裡。

◇年長時，這些故事令人回味沈思，發現主角的處境竟與自己的際遇有些相似……，漸漸地，那些「東西」浮上心頭。

◇年老時，這些故事令人會心一笑，原來，那些「東西」或多或少已成為自己的一部分了。

是的，我們讀的故事，決定我們成為什麼樣的人。

擅長寫故事的作者，總是運用其文字讓我們讀者感受到「主角如何面對自己的處境、有何情緒反應、如何解決問題、擁有什麼樣的個性特質、如何與身邊的人互動……。」就這樣，在閱讀的過程中，我們會遇到喜歡的主角，漸漸形塑未來的自己；在閱讀的過程中，我們會感受不同時代、不同國家的文化，漸漸拓展寬廣的視野！

鼓勵孩子讀經典吧！這些故事能豐厚生命！若可，與孩子共讀經典，聊聊彼此的想法，不僅促進親子的情感、了解小孩的想法、也能讓自己攝取生命的養分！

倘若孩子還未喜愛上閱讀，可試試下面提供的小訣竅，幫助孩子親近這些經典名著！

【閱讀前】和小孩一起「看」書名、「猜」內容

以《頑童歷險記》一書為例！

先和小孩看「書名」，頑童、歷險、記，可知這本書記錄了頑童的歷險故事。接著，和小孩猜猜「頑童可能是什麼樣的人？可能經歷了什麼危險的事……」。然後，就放手讓小孩自行閱讀。

【閱讀後】和小孩一起「讀」片段、「聊」想法

挑選印象深刻的段落朗讀給彼此聽，和小孩聊聊——或是看這本書的心情、或是喜歡哪一個角色、或是覺得自己與哪個角色相似……。

陳安儀（親職專欄作家、「多元作文」和「媽媽 Play 親子聚會」創辦人）

在這麼多年教授閱讀寫作的歷程之中，經常有家長詢問我，該如何為孩子選一本好書？而我常常告訴家長：「如果你對童書或是兒少書籍真的不熟，不知道要給孩子推薦什麼書，沒有關係，選『經典名著』就對了！」

為什麼呢？道理很簡單。一部作品，要能夠歷經時間的汰選，數十年、甚至數百年後依舊能廣受歡迎、歷久不衰，證明這本著作一定有其吸引人的魅力，以及亙古流傳的核心價值，才能夠不畏國家民族的更替、不懼社會經濟的變遷，一代傳一代，不褪流行、不嫌過時，歷久彌新，長久流傳。

這些世界名著，大多有著個性鮮明的角色、精采的情節，以及無窮無盡的想像力，令人目不轉睛、百讀不厭。此外，**這類作品也不著痕跡的推崇良善的道德品格，讓讀者在不知不覺的閱讀經驗之中，潛移默化，從中學習分辨是非善惡、受到感動啟發。**

比如說《地心遊記》的作者凡爾納，他被譽為「科幻小說之父」，知名的作品有《海底兩萬哩》、《環遊世界八十天》……六十餘部。這本《地心遊記》廣受大人小孩的喜愛，一共被搬上銀幕八次之多！凡爾納的文筆幽默，且本身喜愛研究科學，因此他的《地心遊記》不但故事緊湊，冒險刺激，而且很多描述到現在來看，仍未過時，甚至有些發明還成真了呢！

又如兒童文學的代表作品《祕密花園》，或是馬克・吐溫的《頑童歷險記》，驕縱的女主角瑪麗和流浪兒哈克，以及調皮搗蛋的湯姆，雖然不屬於傳統乖乖牌的孩子，性格灑脫不羈，無法在課業表現、生活常規上受到家長老師的稱讚，但是除卻一些小奸小惡，在大節上他們卻是堅守正義、伸張公理的一方。而且比起一般孩子來，更加勇敢、獨立，富於冒險精神。

這不正是我們的社會裡，一直欠缺卻又需要的英雄性格嗎？

還有像是《青鳥》，這個家喻戶曉的童話故事，藉由小兄妹與光明女神尋找幸福青鳥的過程，作者以隱喻的方式，將人世間的悲傷、快樂、死亡、誕生、……以各式各樣的想像國度呈現在眼前。最後，兄妹倆歷經千辛萬苦，才發現原來幸福的青鳥不必遠求，牠就在自己的家裡。這部作品雖是寫給孩子的童話，卻是成人看了才能深刻體悟內涵的作品，難怪到現在仍是世界舞台劇的熱門劇碼。

另外，現在雖已進入二十一世紀，然而隨著人類的科技進步，「大自然」的課題，重要性卻日益增加，不曾減低。這次這套【影響孩子一生的世界名著】裡，有四本跟大自然、動物有關的作品：《森林報》、《騎鵝旅行記》和《小鹿斑比》、《小戰馬》。這些作品早已經因為各式改編版的卡通而享譽國內外，然而，閱讀完整的文字作品，還是有完全不一樣的感動。尤其是我個人很喜歡《森林報》，對於森林中季節、花草樹木的描繪，讀來令人心曠神怡。

這套【影響孩子一生的世界名著】選集中，我認為比較特別的選集是《好兵帥克》和《史記故事》。前者是捷克著名的諷刺小說，小說深刻地揭露了戰爭的愚蠢與政治的醜惡，筆法詼諧逗趣；後者則是中國的古典歷史著作，收錄了許多含義深刻的歷史故事。這兩本著作非常適合大人與孩子共讀。

衷心盼望我們的孩子能**多閱讀世界名著，與世界文學接軌之餘，也能開闊心胸、增長智慧、陶冶品格，將來成為饒具世界觀的大人。**

施錦雲（新生國小老師、英語教材顧問暨師訓講師）

一〇八新課綱即將上路，新的課綱除了說明十二年國民教育的一貫性之外，更強調「核心素養」。所謂「素養」，在蔡清田教授二〇一四年出版的《國民核心素養：十二年國教課程改革的DNA》一書中，強調素養同時涵蓋 competence 及 literacy 的概念，competence 是學科知識、能力與態度的整體表現，literacy 所指的就是閱讀與寫作的能力。

一套能提供學生培養閱讀興趣與建立寫作能力的書籍是非常重要的，【影響孩子一生的世界名著】就是這樣的優質讀物。這系列共十本書，精選了十個來自不同國家作者的經典著作及多樣的主題，讓學生可以透過閱讀了解做人的基本道理及處事的態度，進而包容多元的文化並尊重大自然。

《青鳥》能讓孩子了解幸福的真諦。

《騎鵝旅行記》能透過主人翁的冒險，理解到友誼及生命的可貴。

《地心遊記》充滿冒險與想像，很符合這個現實與虛擬並存的二十一世紀。

《小戰馬》能讓讀者理解動物的世界，進而愛護動物並與大自然和平共存。

《史記故事》透過精選的十五則故事，讓讀者鑑往知來，從歷史故事出發，當生活中遇到困難該如何面對。

一套優良的讀物能讓讀者透過閱讀吸取經驗並激發想像力，閱讀經典更是奠定文學基礎最好的方式。

張佩玲（南門國中國文老師、曾任國語日報編輯）

當孩子正要由以圖為主的閱讀，逐漸轉換至以文為主階段，此系列的作品可稱是最佳選擇，無論情節的發展、境況的描述、生動的對話等皆透過適合孩子閱讀的文字呈現。

由衷希望孩子能習慣閱讀，甚至能愛上閱讀，若能知行合一，更是一樁美事，**讓孩子發自內心的「認同」，自然而然就會落實在生活中。**

戴月芳（國立空中大學／私立淡江大學助理教授、資深出版人暨兒童作家）

因為時代背景的不同，產生不同的決定和影響，我們讓孩子認識時間、環境、角色、個性、條件會影響抉擇，所以就會學到體諒、關懷、忍耐、勇敢、上進、寬容、負責、機智，這些都是**不同時代的人物留給我們最好的資產**。

張東君（外號「青蛙巫婆」、動物科普作家、金鼎獎得主）

有些書雖然是歷久彌新，但是**假如能夠在小時候以純真的心情閱讀，就更能獲得一輩子的深刻記憶**。縱然現在的時代已經不同，經典文學卻仍舊不朽。我的愛書，希望大家也都會喜歡。

謝隆欽（地球星期三 EarthWED 成長社群、國光高中地科老師）

就一本啟發興趣與想像的兒童小說而言，是頗值得推薦的閱讀素材。……文字淺白，情節緊湊，若是**中小學生翻閱，應是易讀易懂；也非常適合親子或班級共讀**，讓大小朋友一同與書中的主角，共享那段驚險的旅程。

王文華（兒童文學得獎作家）

【影響孩子一生的世界名著】跨越時間與空間的界限，帶著孩子們跟著書中主角一起生活與成長，從閱讀中傾聽《小戰馬》、《小鹿斑比》等動物與大自然和人類搏鬥的心聲，跟隨《地心遊記》、《頑童歷險記》、《青鳥》追尋科學、自由與幸福的冒險旅程，踏上《騎鵝旅行記》、《森林報》的歐洲土地領略北國風光，一窺《史記故事》、《好兵帥克》的中國與歐洲一戰歷史。**有一天，孩子上歷史課、地理課、生物自然課，會有與熟悉人事物連結的快樂，自然覺得有趣，學習起來就更起勁了。**

李貞慧（水瓶面面、後勁國中閱讀推動教師、「英文繪本教學資源中心」負責老師）

孩子透過閱讀世界名著，將**豐富其人文底蘊與文學素養**，誠摯推薦這套用心編撰的好書給大家。

李博研（神奇海獅先生、漢堡大學歷史碩士）

介於原文與改寫間的橋梁書，除了提升孩子的閱讀能力與理解力，他們更可以從一則又一則的故事中了解各國的文化、地理與歷史，也能從《好兵帥克》主人翁帥克的故事中，明白戰爭帶給人類的巨大傷害。

金仕謙（臺北市立動物園園長、臺大獸醫系碩士）

在我眼裡，所有動物都應受到人類尊重。從牠們的身上，永遠都有值得我們學習的地方。很高興看到這系列好書《小戰馬》、《小鹿斑比》、《騎鵝旅行記》、《森林報》中的精采故事。

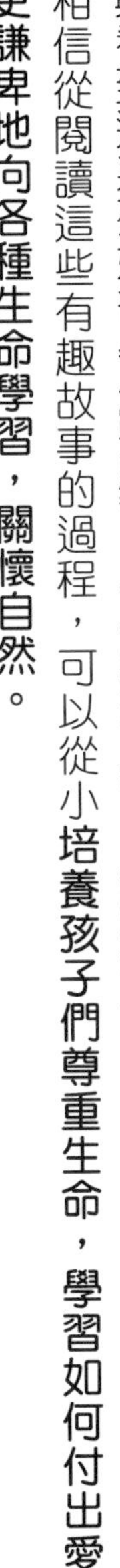

相信從閱讀這些有趣故事的過程，可以從小**培養孩子們尊重生命，學習如何付出愛與關懷，更謙卑地向各種生命學習，關懷自然。**

真心推薦這系列好書。

第一章　樵夫小屋

古老的大森林旁，有一座小木屋。屋子裡住著樵夫、他的妻子和兩個可愛的孩子——哥哥蒂迪爾十歲，妹妹米蒂兒六歲。雖然他們的房子破破爛爛，屋裡的擺設也很簡陋，但是一家人卻非常快樂，臉上總是洋溢著笑容。

蒂迪爾長得又高又結實，有著一頭濃密的捲髮，眨著一雙亮晶晶的大眼睛。蒂迪爾是個非常勇敢的孩子，他很愛妹妹米蒂兒，他們經常一起蹦蹦跳跳的追蝴蝶、摘漿果。米蒂兒是個有點害羞的小女孩，她總是穿著乾淨整潔的連衣裙，湛藍的大眼睛裡透著羞澀。

聖誕節的前一天晚上，蒂迪爾和米蒂兒早早就躺在小床上，睡得很香甜。兄妹倆的房間裡，只有一個大衣櫃、兩張小床和一個簡易的壁爐，壁爐裡跳動著微弱的火光。小屋子籠罩在玫瑰色的光芒中，顯得很溫馨。由於暴風雪的緣故，爸爸好幾天沒有到林子裡工作了，家裡沒有錢給孩子們買聖誕禮物，所以

兄妹倆床前的聖誕襪到現在還是空空的。

這時，媽媽走了進來，輕輕的給他們蓋好被子，又俯身溫柔的吻了吻兄妹倆。爸爸從門縫裡探出頭，剛要說什麼，媽媽連忙擺擺手，示意他輕聲一點。爸爸媽媽坐在兄妹倆的床前，看著兩個可愛的孩子，臉上露出愧疚的表情，過了好長一會兒，他們才慢慢離開。

突然，一道亮光從窗外射了進來，桌上的油燈不知怎麼，突然亮了起來。兩個孩子醒了，他們打了個呵欠，伸了伸懶腰。

「米蒂兒？」蒂迪爾小聲問道。

「怎麼了，哥哥？」米蒂兒揉著眼睛說。

「你醒了嗎？」

「嗯，今天是聖誕節嗎？」妹妹問。

「明天才是。」哥哥嘆了口氣：「不過，今年聖誕老人不會送禮物來了。」

「為什麼？」妹妹焦急的問。

「媽媽說，她來不及通知聖誕老人。」哥哥沮喪的說：「我想我們得等到明年了。」

「明年很久嗎？」

「是啊！明年要過很長時間才會到。可是，今天晚上聖誕老人會到那座大房子裡，去看有錢人家的孩子。」蒂迪爾用手指了指對面。

他們家對面不遠處，有一座豪華的大房子。每天晚上，蒂迪爾和米蒂兒都可以透過自己家的窗戶，看到大房子裡燈火輝煌，孩子們在餐廳裡吃著各式各樣的糕點。

蒂迪爾突然從床上蹦了起來，喊道：「我有個好主意！我們起床去看看吧！說不定我們能看到聖誕老人呢！」

「不行吧？要是媽媽發現了怎麼辦？」米蒂兒猶豫著不敢同意。

「媽媽不會發現的！我們就在窗戶前面看看。你看——窗外多亮啊！」

「啊，真亮！是什麼光？」說著，兄妹倆跳下床，蹦到了窗戶前。

「肯定是聖誕樹上的燈光！我們把窗戶打開點吧！」蒂迪爾急切的說道。

「可以嗎？」米蒂兒怯怯的問。

「當然可以！這裡就我們倆，沒有別人。」說完，蒂迪爾推開了窗戶，頓時，整個房間亮了起來。

「哇！我看得一清二楚！」蒂迪爾興奮的喊道：「外面下雪啦！瞧，那邊有兩輛馬車！看那些燈，多美的燈啊！還有閃閃發亮的聖誕樹！」

「他們在幹什麼呢？這麼熱鬧！」

「他們在開晚會呢！」

「他們開始跳舞了！他們穿得多美啊！」

「那棵閃閃發亮的樹就是聖誕樹哦！瞧，上面掛滿了亮晶晶的玩具！」

「好漂亮的玩具啊！我還看到了好多蛋糕和餡餅呢！他們開始吃啦！哇！好美味哦！」說著，米蒂兒彷彿覺得自己手裡也有蛋糕了。

「我有十二塊蛋糕！」米蒂兒激動的跳了起來。

「我比你還多！」蒂迪爾也不甘示弱。兩人又說又笑，彷彿自己已經吃到了美味的糕點。聖誕老人今年不能到訪的事情，他們也完全拋之腦後了。

突然，門口傳來重重的敲門聲。兄妹倆嚇得抱成一團，一動也不敢動。

一陣嘎吱嘎吱的聲音過後，門栓自己抬了上來，門慢慢打開，進來了一個矮小的老婆婆。她的一隻眼睛瞎掉了，長長的鷹勾鼻子快要碰到下巴，一身巫婆的裝扮，手裡還拿著拐杖，弓著腰，一瘸一拐的走到兄妹面前。老婆婆怪聲怪氣的問道：「你們這兒有青鳥嗎？」

「哥哥有一隻鳥。」米蒂兒嚇得打哆嗦。

「不過我的鳥不能送給別人。」蒂迪爾急忙補充道，聲音也有點顫抖。

老婆婆戴上眼鏡，看了看那隻鳥，又轉過頭說：「這隻不是真正的青鳥！我的小女兒病得很重，只有真正的青鳥才能救她。你們知道找到青鳥意味著什麼嗎？」

說著，她神祕的將手指壓在嘴唇上，壓低聲音說道：「青鳥代表幸福。如果找到了青鳥，也就得到了幸福。所以，我想請你們幫我去找青鳥，現在就出發。你們知道我是誰嗎？」

蒂迪爾和米蒂兒你看看我，我看看你，他們從沒見過巫婆，不禁有些惶恐。

蒂迪爾禮貌的回答：「您有點像我們的鄰居貝克特太太……」蒂迪爾覺得她和鄰居貝克特太太有些像呢！貝克特太太有點駝背，有著一模一樣的鷹勾鼻，也有一個得了重病的小女孩。那個小女孩長得非常可愛，經常和他們一起玩耍，可是最近她得了一種奇怪的病，整天躺在床上。她很喜歡蒂迪爾的小鳥，可是蒂迪爾就是捨不得送給她。

想不到老太太卻生氣了。什麼鄰居貝克特太太？她可是個會魔法的仙女，只是今天故意打扮醜一點兒，來考驗一下兄妹倆。於是，她故意問道：「你們覺得我長得怎麼樣？美嗎？」蒂迪爾和米蒂兒同時搖了搖頭。

看到兄妹倆很誠實，老婆婆滿意的點點頭：「我是貝麗仙女。」

兄妹倆更吃驚了，連忙打招呼：「貝麗仙女，您好！」

貝麗仙女看兩個孩子穿著睡衣，便讓他們趕緊穿上外套，她一邊幫米蒂兒穿衣服一邊問道：「你們的爸爸、媽媽呢？」

「他們在睡覺。」蒂迪爾指了指另一間房間。

「你們的爺爺、奶奶呢？」

「他們已經死了。」

「你們還有弟弟、妹妹嗎？」

「有。」蒂迪爾若有所思的說道：「我們有三個弟弟，還有四個妹妹，可是，他們也都死了。」

「你們想再見到他們嗎？我可以幫你們實現。」貝麗仙女溫柔的說道。

兄妹倆齊聲喊道：「當然啦！現在就讓他們來吧！」

「可是我今天沒有把他們帶在身邊啊！」仙女面露難色，她接著說：「我進來之前你們都在做什麼啊？」

「我們在玩吃蛋糕的遊戲。」蒂迪爾回答道。

「你們家有蛋糕嗎？在哪兒？」仙女好奇的問。

「沒有，不過對面那家人的桌子上有好多呢！」蒂迪爾指了指窗外。

「哈哈！那是別人在吃的啊！」仙女不禁哈哈大笑：「再說，你們看著別人吃，難道不會生氣嗎？」

「那本來就是屬於他們的，我們為什麼要生氣呢？」

「因為他們沒有分給你們吃啊！」仙女繼續問道。

「這也沒什麼。你瞧，他們有錢，他們的房子多漂亮啊！」

「你們的屋子也非常漂亮，只是你們看不見罷了！」

「不，我的視力非常好！」蒂迪爾有點不服氣的說：「教堂頂上的時鐘我都可以看得清清楚楚呢！」

貝麗仙女很喜歡這兩個孩子，因為他們很誠實，而且善於發現生活中的美。只是，仙女覺得他們更應該學會發現事物的內在美，用心感受身邊的幸福。於是，她從口袋裡拿出一頂綠色帽子，送給蒂迪爾。帽簷中間鑲嵌著一顆亮晶晶的鑽石。

她告訴蒂迪爾：「這是一顆魔法鑽石。只要按住這顆鑽石，周圍事物的靈魂就會顯現出來。向右轉動鑽石，可以看到事物的過去；向左轉就可以看到未來。」

接過這頂帽子，蒂迪爾和米蒂兒興奮得手舞足蹈。

過了一會兒，蒂迪爾突然叫道：「要是帽子被別人拿走怎麼辦？或者，被爸爸發現了怎麼辦？爸爸會以為是我偷來的。」

「不會的。」仙女安慰他說：「只要戴在頭上，沒有

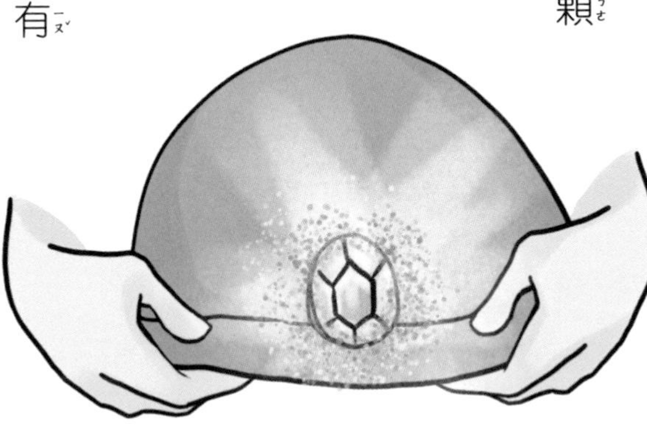

人看得見它。你試試看。」

蒂迪爾戴上後，帽子真的不見了！就在這一剎那間，他發現，屋子裡忽然發生了巨大的變化。牆壁變得晶瑩剔透，破舊的家具也散發著寶石的光澤，就連老婆婆也變成了一位年輕美麗的仙女，穿著綢緞的裙子，戴著閃閃發光的珠寶，手裡還拿著一根魔杖。兩個孩子驚喜的拍著手，興奮的又蹦又跳。

「哇，太美啦！」米蒂兒完全被仙女的美麗長裙迷住了。

「孩子們，更神奇的事情還在後頭呢！」仙女看著兩個孩子，笑著說：「每樣東西都有生命，它們的靈魂和我們一樣會說話喔！你們看！」

說完，仙女指了指牆上的掛鐘。這時，老掛鐘的門突然打開，從裡面走出十二個漂亮的小仙子，每一個都笑嘻嘻的。

「她們是時間精靈。」貝麗仙女介紹道。時間精靈圍著兄妹倆翩翩起舞，她們的舞姿多麼曼妙，彷彿一群可愛的小鳥。寧靜的屋子裡瞬間充滿了甜蜜的音樂，兄妹倆也加入她們的隊伍，開心的唱啊！跳啊！

接著，一個又矮又胖的傢伙從麵包箱裡鑽了出來。他的身子圓鼓鼓的，大腦袋上還纏著一條頭巾，看起來很滑稽。看到兄妹倆吃驚的表情，他連忙介紹自己說：「不用怕，不用怕，我是麵包先生。難得有機會出來透透氣，裡面好悶啊！」

話音剛落，又有一些小麵包鑽了出來。他們都顧不得拍拍身上的麵粉，就迫不及待的跳起舞來。屋子裡越來越熱鬧了，盤子、玻璃杯、刀子和叉子們也都加入到跳舞的隊伍當中。

正當大家興高采烈的狂歡時，煙囪裡忽然竄出一條巨大的火舌，照亮整個房間，看起來就像著火了一樣。大家嚇得驚慌失措，四處躲藏，米蒂兒也「哇——」的哭了起來，哥哥蒂迪爾連忙拉著她躲到仙女後面。

仙女趕緊跟大家解釋道：「大家別怕，是火先生來了。他人不壞，只是脾氣暴躁了點，大家不要碰到他就行了。」聽完仙女的解釋，兄妹倆這下才探出頭來看了看。

只見火先生穿著火紅色的緊身衣，披著一塊絲質的火紅披風，當他揮動手臂時，彷彿一簇簇火苗在跳動。

幾乎就在同時，水缸裡傳出叮咚的歌聲，接著，一位美麗的水姑娘跳了出來。她有一雙水汪汪的大眼睛，水嫩的皮膚，穿著水藍色的連衣裙，長長的頭髮披在身上，不停的滴著水珠。

大家都用欣賞的眼光看著她，只有火先生一副不屑的表情：「哼！看起來活像一隻落湯雞！」

儘管他的聲音不高，水姑娘還是聽到了。她不急不徐的走過來，朝著火先生一甩袖子，一股水柱瞬間噴了出來，正好落在他的火紅披風上。那件閃著金光的披風頓時變得濕漉漉的，失去原有的光澤。

水姑娘咯咯的笑了起來，大家看到火先生狼狽的樣子，也跟著笑了起來。

火先生見自己沒有一點勝算，只好灰頭土臉的退到一旁。

伴隨著「砰！」的一聲脆響，桌上的牛奶罐打翻了，一個白白淨淨的小姑娘從碎片中站起來。她穿著乳白色的連衣裙，身上散發著牛奶的香味。可是，她非常害羞，怯怯的站在原地，一言不發的看著大家。蒂迪爾最喜歡牛奶了，他立刻認出來，這個小姑娘肯定是牛奶小姐，連忙跑過去擁抱她。

這時，門口架子上的糖塊也似乎有了生命，他左右掙扎著，先是一個尖腦袋鑽了出來，緊接著，一隻胳膊和兩條又細又長的腿也跨了出來。看著他那滑稽的動作，兄妹倆忍不住哈哈大笑起來。

糖果先生有點不好意思，連忙自我介紹說：「我的衣兜裡全是糖果，我的每根手指都是一支棒棒糖，你們想要吃糖的時候，來咬一口就行啦！」

糖果先生的話還沒講完，就被「汪！汪！」的叫聲打斷了。兄妹倆養的小狗狄洛也可以說話啦！「汪！汪！晚安，我的小主人！我終於可以開口和你們說話啦！以前不管我怎麼叫、怎麼搖尾巴，你們都不明白。我很愛你們！」

狄洛緊緊抱住兩個孩子，在他們身上蹭了又蹭、親了又親。他的樣子一點兒都沒變，腦袋大大的，嘴巴黑黑的，身上穿著淺棕色外套。他現在可以直立行走了，身材看起來高大許多，只是兩隻後腿還顯得有點短，兩隻前爪舉在胸前，不時的抓來抓去，在兄妹倆的旁邊跳來跳去，一刻也不願停下來。

他實在太愛兩位小主人了，生怕他們受到一丁點傷害，同時他也不願意讓別人分走小主人的疼愛，尤其是那隻他非常討厭的貓咪。

可就在這時，貓咪媞萊特也變成了貓女士，她一身黑衣，眼睛如同黃寶石般，閃閃發亮。看著貓女士跟兄妹倆親切的擁抱親吻，狄洛心裡頓時無比嫉妒。他才不願意看到小貓咪和他一起平起平坐呢！可是，貓女士此刻跟米蒂兒手牽著手，看起來親密極了，根本沒把他放在眼裡。狄洛無計可施，只好不停的汪汪叫著。

就在狗先生和貓女士針鋒相對時，一道神聖的亮光閃過，屋子裡瞬間被照得明亮無比。亮光中出現了一個巨大的光環，光環中走出一位身披輕紗、頭頂光環的美麗少女。貝麗仙女向大家介紹說：「這位是光明女神。」

光明女神是美的化身，她一向無拘無束的穿梭在天地之間，從不吝嗇自己的光澤，也毫不偏袒的向人們傳遞能量。現在她接受貝麗仙女的委託，幻化成人的模樣，前來幫助兄妹倆尋找幸福的化身——青鳥。光明女神微笑著走到他們身邊，慈愛的撫摸著他們的頭髮，輕輕把他們摟在懷裡。

在場的所有人都歡呼起來，大家圍著光明女神又蹦又跳，兄妹倆也開心的手舞足蹈。突然，門口傳來重重的敲門聲。

蒂迪爾驚慌的說：「肯定是爸爸來啦！他聽到我們啦！」

「快，蒂迪爾，照我說的方法轉動寶石吧！」貝麗仙女急忙吩咐道。

可是蒂迪爾太緊張了，手一直抖個不停，門口的敲門聲越來越大，他急得滿頭大汗！終於，他使勁一扳，寶石轉回了原位。

「天啊！你轉的速度太快了！大家跟不上你的節奏，沒辦法恢復成原來的樣子了！」貝麗仙女擔憂的說道。

頓時，房間像炸開的鍋，一片亂糟糟。

火找不到來時的路在哪裡了，水姑娘急著往水缸方向跑，糖果站在架子邊傷心的哭泣，麵包箱被小麵包們擠滿了，大個頭的麵包先生怎麼也擠不進去，只能站在外面懊惱不已。狗先生現在那麼高，原來的狗窩怎麼也容不下他。貓女士同樣也鑽不進那個小小的籃子了。只有十二位時間精靈速度特別快，她們毫不耽擱的回到了掛鐘裡。

這時，只有光明女神神態自如的站在那兒。門外的敲門聲越來越急、越來越響了。蒂迪爾緊張的說道：「我確定是爸爸！我聽到他的聲音了，現在該怎麼辦呢？」

大夥兒圍在仙女身邊又哭又叫：「我們該怎麼辦呢？」

「好吧！現在只有一個選擇了，那就是陪兩個孩子去尋找青鳥。」貝麗仙女嚴肅的對大家說：「但是，陪他們完成任務之後，你們就會死去。」

大家聽了，哭得更傷心了。

仙女用魔杖指了指窗戶，瞬間，一扇神奇的門出現了。大家迅速的走出去，等最後一個人也順利通過後，神奇的門立刻在他們身後關閉了。

第二章　仙女宮殿

皎潔的月光照著大地，貝麗仙女帶著大家走出樵夫的小木屋，朝著她自己居住的宮殿走去。為了防止被其他人發現，仙女用魔法召喚來上千隻螢火蟲，她又用手一指，這些螢火蟲立刻將大家團團圍住，彷彿一個閃閃發亮的雲團，托著大家向空中飛去。仙女的宮殿坐落在高山之巔，平時，這裡只有仙女和她的小女兒居住，冷冷清清。隨著蒂迪爾一群人的到來，宮殿裡頓時熱鬧極了。

蒂迪爾和米蒂兒提議去探望一下貝麗仙女的小女兒，於是仙女決定帶著兄妹倆和光明女神去探望那位病重的小姑娘。出發前，仙女把其他人帶到了一個大房間，這裡四面全是鏡子。房間裡有個很大的衣櫃，裡面掛滿了各式各樣的衣服和珠寶首飾：有寶石手鐲、翡翠項鍊，還有鑲嵌鑽石的斗篷等等，大家看得目瞪口呆。

很快，火先生、糖果先生和貓女士就挑選好衣服。火先生對紅色情有獨鍾，

挑了一件大紅色並綴著金色亮片的衣服。他從來不戴任何頭飾。他的頭太熱了，任何頭飾戴上去都會立刻熔化。相比之下，糖果先生偏愛顏色素雅的衣服，他最喜歡淺藍色，就選了一件藍白相間的衣服，畢竟以前他也是包在藍色糖果紙裡的。而貓女士一向以高貴自居，她鍾愛黑色，挑的衣服全是黑色的：一件黑色緊身衣、黑色繡花披肩和一頂黑色帽子，就連披肩上的繡花都是黑色的。

當其他人還在忙著打扮自己的時候，這三位好朋友溜出屋子，來到了大廳裡。貓女士瞄一眼四周，確認附近沒有人，才壓低嗓門說：「我們現在的處境不容樂觀啊！我們得趕緊想辦法，畢竟剩下的自由時間不多了！」火先生和糖果先生連連點頭。

「但是，」貓女士接著說：「那條笨狗肯定會壞我們的事！一定得提防他。」話音剛落，只聽「汪汪」一聲，狗先生狄洛竄了出來。貓女士不耐煩的嘟囔道：「真是條討厭的狗！他一定是聞到了我們的氣味！看他那身打扮，多難看啊！耳朵、尾巴還那麼短，真像一個趕車的車夫！」

狄洛穿著一件天鵝絨上衣，衣服稍微有點大，衣長差不多到膝蓋左右，衣襟各有一個大大的口袋——這樣他就可以裝很多很多美味的零食了。每次他一轉身，上衣便飛轉起來，衣服下擺也飄然而開，露出一條短短的粗尾巴。但是，他絲毫不覺得難堪，在他看來，能穿上這麼華麗的人類衣服，並且能夠陪主人一起去執行一項偉大的任務，實在是太引以為傲了！

原來，狄洛聞到了糖果先生的香甜味道，本來想過來打個招呼，卻恰好看到三個人鬼鬼祟祟的樣子，覺得不大對勁，就立刻跟了過來。他衝著貓女士大聲嚷嚷道：「你這隻討厭的貓，在背後說我什麼壞話？」

「哼！我才懶得說你呢！」貓女士故意擺出一副不屑一顧的表情。

忽然，一陣清脆的歌聲飄了過來。貓女士緊張的看了看，又放鬆了警惕。原來是水姑娘來了，她穿著水藍色長裙，顯得亭亭玉立，飄逸動人。裙襬隨風飄動，彷彿水面上的波紋，在陽光照射下閃閃發亮。

接著，一個打扮得滑稽可笑的大塊頭走了過來，那正是麵包先生。他穿著一件黃色天鵝絨長袍，上面布滿銀色的月牙圖案，頭上纏著一條紅色的頭巾。這件長袍使他顯得更加臃腫，但是他自己卻絲毫沒有察覺，依然自鳴得意的樣子。瘦小的牛奶小姐也緊跟著他走了過來。雖然有那麼多可以挑選的衣服，但牛奶小姐還是選了一件乳白色的連衣裙。

貓女士見大夥兒都到齊了，清了清嗓子，說：「大家好好想一想，只要兄妹倆找到青鳥，我們就會死。這可是仙女親口說的！難道你們願意就這樣送命嗎？我們可是剛變成人形啊！」

大家聽了，你看看我，我看看你，都不做聲。貓女士頓了頓，說：「我們得趕緊商量對策，千萬不能讓兄妹倆找到青鳥！」

「才不是呢！」狗先生站出來：「蒂迪爾和米蒂兒是我們的主人，也是我們的老朋友！我們本來就應該幫助他們，為他們效勞！」

「你這條笨狗，你知道什麼呀！我們一定要阻止他們找到青鳥，即使傷害到他們的性命也在所不惜！」

「我贊同！我贊同！」麵包先生最怕到時候自己會第一個被吃掉，所以他對貓女士的提議連聲稱讚。

聽到這裡，狄洛再也忍不住了：「你這隻壞心眼的貓，這裡就你最壞了！」他一邊說一邊氣憤的朝貓女士撲去。

正當貓女士和狗先生爭得面紅耳赤、不可開交時，麵包先生挺著圓圓的大肚子站了出來，朝大家擺擺手說：「請安靜一下，我來做會議主席，聽我說兩句！」火先生哼了哼鼻子，不服氣的說：「你算什麼會議主席？誰同意你當會議主席了？」

他的話還沒說完，又被水姑娘噴了一臉的水珠。

糖果先生站出來，用調解的口氣說道：「大家請聽我說，我們還是心平氣和的商量一下吧！」

「就這麼說定了！」麵包先生拍著大肚子說道，聽他的口氣，彷彿這件事由他決定似的。

「你們太不像話了！我們應該聽從仙女的安排，她讓我們幫助蒂迪爾和米蒂兒去尋找青鳥，我們就應該聽她的！」頓時，場面又陷入一片混亂。這時，仙女領著兄妹倆和光明女神回來了。看到這一幕，仙女厲聲說道：「你們躲在角落裡嘀咕什麼呢！」

大家都嚇了一跳，緊張得答不出話來。只有貓女士滿臉堆笑的迎上來，看著米蒂兒連聲說：「我的小主人，你穿這一身衣服真是太漂亮啦！我們都在這裡著急的等你們回來呢！」

這時，大家才注意到兄妹倆也換上了新衣服。米蒂兒穿著鵝黃色的連衣裙，戴著橘紅色的小帽子，肩上還披著一件絲質披肩，看起來可愛極了。蒂迪爾穿的是紅色天鵝絨上衣和藍色燈籠褲，顯得神采奕奕。

聽了貓女士的稱讚，米蒂兒開心的問道：「真的嗎？」她一邊說一邊把貓女士擁在懷裡，溫柔的撫摸著她。

仙女看了看大家，嚴肅的說：「既然大家都準備好，那我們明天就出發尋找青鳥吧！不過，今天晚上蒂迪爾和米蒂兒要先去一個地方——回憶國，那裡住的都是活在人們記憶中的人。」說完，仙女轉向兄妹倆：「你們的爺爺奶奶就在那裡。」

兄妹倆聽仙女這麼說，興奮的跳了起來。爺爺奶奶去世那麼久了，他們已經很久很久沒有見到爺爺奶奶，實在太想念他們了！可是，蒂迪爾還是有一點點害怕，他看了看光明女神，問：「光明女神，你能不能陪我們去呢？」

光明女神笑著搖了搖頭：「那裡是回憶國，是我到不了的地方。我只能存在於現在和未來。」

貝麗仙女安慰他們道：「沒關係的，我們會在這裡等你們回來。說不定你們到了回憶國，還能有意外驚喜呢！」說完，她又叮囑了一句：「請記住，鐘聲敲到第九下時，你們一定要回來！」兄妹倆開心的點點頭，手牽手出發了。

第三章 回憶國

回憶國並不遙遠。但是要到回憶國，必須穿過一座茂密的大森林，那裡常年籠罩著濃濃的大霧，顯得陰森而恐怖。仙女告訴過他們，如果不想在森林裡迷路，就只能一直往前走。

蒂迪爾和米蒂兒走啊走，走了很久，還是沒有看到森林的盡頭。米蒂兒有點害怕，嗚嗚的哭了起來。蒂迪爾雖然也有點害怕，但是想到要保護妹妹，他的心裡不自覺的鼓起許多勇氣。他拍拍妹妹的肩膀，安慰她：「不要怕，我們很快就會見到爺爺奶奶的。」

忽然，迷霧散開了一些，他們看見不遠處有一個小山坡，盛開著一大片白色的紫羅蘭。由於見不到陽光，這裡的花兒雖然很美，卻沒有香味。周圍一片寂靜，兄妹倆體驗到一種從未有過的感覺——有點緊張，又有點激動。

米蒂兒止住哭聲，對哥哥說：「我們採一些花送給爺爺奶奶吧！」

「好主意！他們一定會很喜歡的。」蒂迪爾非常贊同。

說完，兩人彎下腰，開始採摘美麗的紫羅蘭。他們並不知道，這些紫羅蘭代表的就是他們對爺爺奶奶的思念。他們每採一朵花，就離回憶國近了一步。在不知不覺中，迷霧完全散去了。當他們再次抬起頭時，一間小木屋已經出現在眼前，屋頂爬滿了常春藤，籬笆圍起的小院裡開著各種顏色的鮮花，門口躺臥著一條大狗。兄妹倆呆呆的看著眼前的小屋，一種熟悉的感覺湧上心頭。這時，院子裡傳來了熟悉的聲音。

「老太婆，我有一種預感，我們的蒂迪爾和米蒂兒要來看我們啦！」

「是啊！老頭子。我的心在怦怦的跳著，眼淚也快要流出來了。我真的好想他們啊！」

「我覺得他們就在外面！要不我去看看？」

「好啊！若不是當年摔斷了腿，我現在真想馬上跑到門口去看看！」

「沒關係！老太婆，我扶你過去。」

這不正是爺爺、奶奶的聲音嗎？兄妹倆興奮的跳了起來，他們不約而同的喊出：「爺爺！奶奶！是我們！我們來看你們啦！」他們一邊喊，一邊朝院子裡頭跑去。

「太好啦！哥哥，我們已經到回憶國啦！」米蒂兒邊跑邊對哥哥說道。

「是啊！」說完，蒂迪爾已經跑到門口。當他激動的推開門時，看到爺爺正攙扶著奶奶，往門口走來。兄妹倆立刻跑到爺爺奶奶身邊，撲到他們懷裡。爺爺奶奶抱著他們親了又親，幸福得都說不出話來了。

他們抱了好一會兒，奶奶才願意鬆開懷裡的蒂迪爾。她慈祥的撫摸著他的頭說：「蒂迪爾，你長得這麼高啦！」

「你也是啊！米蒂兒！老太婆，你瞧，她的頭髮多美啊！她的眼睛多亮啊！」爺爺摟著米蒂兒，開心的淚水在眼眶裡打轉。

奶奶問米蒂兒：「你們的爸爸、媽媽還好嗎？」

「他們身體很好！我們出來時，他們睡得正香呢！」米蒂兒開心的回答。

奶奶又親了親他們倆，問道：「你們好久沒來看我們啦！為什麼不常來呢？你們上次來還是萬聖節的時候。」

蒂迪爾和米蒂兒都被奶奶的話搞糊塗了。

「我們沒有來過啊！這次多虧仙女的幫忙，不然我們兩個也找不到這裡。」

「哦，那一定是萬聖節那天你們想念我們了。只要有人想起我們，我們就會醒過來。」

聽了奶奶的話，蒂迪爾突然明白了仙女曾經說過的話——**原來爺爺、奶奶並沒有完全離開，他們就住在回憶國裡，只要有思念在，他們就不會遠去。**

「那麼你們真的沒有去世嗎？」米蒂兒還是有些困惑。

「去世？」爺爺聽了，放聲大笑起來：「哈哈！這個詞我們好久沒聽到了，都快忘記它的意思了。」

「我們一直住在這裡，一切都是原來的樣子！」奶奶溫柔的對米蒂兒解釋道：「只是我們睡的時間會比你們長一些。」

接著，兄妹倆跟著爺爺奶奶走進屋子，屋子裡所有的東西看起來更美了。看到牆上的掛鐘，蒂迪爾欣喜的說：「瞧！我還記得那個掛鐘呢！」

「是啊，那個最長的指針還是你弄斷的呢！那時候蒂迪爾還很小，非常調皮呢！」爺爺親暱的敲了敲蒂迪爾的頭。

他們的話音剛落，掛鐘就發出了一陣沉悶的響聲，「噹、噹、噹……」，共響了七下。

「咦？掛鐘怎麼突然響起來了？」爺爺感到奇怪的說道：「它已經很久沒有響過啦？」

「肯定是有人在想它，所以它也醒了！」奶奶笑著看了看蒂迪爾。

蒂迪爾摸了摸腦袋，不好意思的笑了。突然，他似乎想起了什麼：「爺爺，您養的那隻鸚鵡還在嗎？」

「在啊！」爺爺笑著回答：「你們看，牠不就在那兒嘛。」

兄妹倆順著爺爺手指的方向看去，果然有一個大鳥籠掛在院子裡的樹上，一隻青色的鸚鵡剛剛醒來，興奮的跟兄妹倆打著招呼。

「看到了吧？只要有人想念牠，牠就會醒來的。」奶奶說道。

看著眼前的場景，蒂迪爾興奮的拍起手來，並直呼：「太好啦！那隻鳥是青色的！」

米蒂兒此刻也想起仙女曾經說過，他們在回憶國可能會有意外收穫。她激動的拉著哥哥的手，迫不及待的問：「哥哥，哥哥！這不是我們要找的青鳥嗎？真是太好啦！」

「爺爺，您把這隻鳥送給我們好嗎？」蒂迪爾仰起臉，用期盼的眼神望著爺爺奶奶，「我們要拿牠去救一個小姑娘。」

「當然可以啦！」爺爺欣慰的看著兄妹倆，他們真的是越來越懂事了。

蒂迪爾和米蒂兒喜出望外的拿下鳥籠，那隻青色的鸚鵡看到兩位小主人，也興奮的跳來跳去。

「既然來了，去看看我們的乳牛和蜜蜂吧！」爺爺奶奶帶著兄妹倆一起穿過院子，往後院走去。

蒂迪爾突然想起死去的弟弟、妹妹們，他們會不會也在這兒呢？就在這時，他的七個弟弟妹妹全都從屋子裡跑了出來。蒂迪爾和米蒂兒也興奮的跑過去，和他們擁抱親吻。

「瞧瞧，孩子們總算聚在一塊兒啦！」奶奶高興的說道。

蒂迪爾一個個叫出他們的名字，最後他激動的喊道：「太好啦！一切都沒變，你們都是原來的樣子！」

米蒂兒也摟著一個妹妹開心的轉圈圈。

「是啊！這裡的一切都不會再有變化。」奶奶看著孩子們，笑得嘴都合不攏了。

忽然，沉悶的鐘聲再次響起，「噹、噹、噹……」，這次敲了八下。

「今天怎麼回事？這個掛鐘好久沒有這麼精準的報時啦？」爺爺不解的自言自語道。

「是我剛剛想起了時間。」蒂迪爾紅著臉說：「我們該回去了。」

「是啊！」米蒂兒也垂下頭，吶吶的說：「仙女囑咐我們，九點之前一定要趕回去。」

聽到這句話，奶奶的笑容逐漸黯淡：「這麼快就要走了啊？」

兄妹倆點了點頭，眼眶漸漸濕潤起來。

爺爺將鳥籠遞給蒂迪爾，依依不捨的對兄妹倆說：「你們一定要多回來看我們喔！」

「會的！我們一定還會再來的。」接過鳥籠，蒂迪爾和米蒂兒忍不住哭了。七個弟弟妹妹也圍過來，抱住他們倆哭了起來。

離別的時候，大家總是有說不完的話。可是蒂迪爾明白，他們一定得出發了，掛鐘上的指針已經指向八點半了！他堅定的跟爺爺奶奶揮揮手，再次叮囑弟弟妹妹們幾句，然後一隻手提著鳥籠，一隻手拉著米蒂兒，一步三回頭的往森林方向走去。

當他們再次回頭望向爺爺奶奶時，發現他們的身影已經消失在濃霧中。不知什麼時候，濃霧又再次瀰漫了森林。

蒂迪爾擔心妹妹會害怕，主動安慰她說：「不用怕，米蒂兒，我們已經找到青鳥了。」

這時，米蒂兒也被哥哥的勇氣給鼓舞了：「是啊！我們找到青鳥了，什麼也不用怕了！」

忽然，前方出現一道亮光，照亮了整座森林。蒂迪爾立刻拉起米蒂兒，朝亮光的方向跑去。

「哦！一定是光明女神來接我們了！」蒂迪爾欣喜的告訴妹妹：「我們快去告訴她這個好消息吧！」

果然，光明女神從亮光中緩緩走了出來。

「光明女神，快看快看，我們找到青鳥啦！」蒂迪爾興奮的舉起鳥籠。可就在這時，他才發現，那隻青色的鳥已經全身烏黑，倒在鳥籠裡死去了。

「哇——」的一聲，米蒂兒哭了起來：「我們不是已經找到青鳥了嗎？牠為什麼死掉了呢？」

蒂迪爾也垂頭喪氣的看著光明女神。

光明女神已經知道他們發生了什麼事情。她微笑的看著兄妹倆，輕柔的拍拍他們的肩膀，用溫和的語氣說：「親愛的孩子們，那隻青色的鸚鵡和爺爺、奶奶一樣，只能住在回憶國裡。不過沒關係，你們一定會找到真正的青鳥的！再說，這一趟你們不是還見到了許多親人嗎？」

聽到這句話，米蒂兒擦了擦眼淚，點了點頭。

「對啊！這一趟旅程雖然沒有找到青鳥，但是感受到了爺爺奶奶的疼愛。這難道不是更有意義嗎？」想到這裡，蒂迪爾不再難過，他似乎也明白了仙女的用意。

「孩子們，這一路你們也辛苦了，回去吃點東西，休息一下吧！明天我們還要繼續趕路呢！」說著，光明女神帶著兄妹倆朝宮殿走去。

第四章 夜宮

第二天早上，當蒂迪爾和米蒂兒吃完早飯，來到大廳時，發現大夥兒都已經在那裡集合。蒂迪爾本來還有點驚訝，光明女神告訴他，原來貝麗仙女已經幫大家安排好下一步的行程——那就是陪兄妹倆去「夜宮」尋找青鳥。

不過清點人數時，光明女神才發現有幾個成員缺席了。麵包先生過來報告說，牛奶小姐害怕受刺激，不願意跟著大夥兒去夜宮；水姑娘說她已經走得很累了，也不願意跟著去。光明女神聽了，無奈的搖搖頭。由於這次要去的是黑夜女神管轄的領域，所以光明女神沒辦法陪同前去。而火先生的脾氣火爆，光明女神也擔心他會闖禍，所以不打算讓他一起前去。這樣，就只剩下狗先生、貓女士、麵包先生和糖果先生陪著兄妹倆前往夜宮了。光明女神知道，夜宮是有些危險的，可不像回憶國那麼簡單，所以不免有些擔憂。可是她也沒有辦法，只好叮囑了兄妹倆幾句後，便目送他們離開。

貓女士心想，不管別人怎麼樣，自己一定要想辦法阻止兄妹倆找到青鳥。於是她決定提前去拜訪黑夜女神。說起來，她和黑夜女神還是老朋友呢！她經常去夜宮拜訪這位老朋友，所以她知道怎麼走才是通往夜宮的最佳捷徑。沒過多久，貓女士已經來到夜宮的大門前。

她急匆匆的走進大廳，看見黑夜女神正在寶座上打盹。宮殿裡一片漆黑，四周矗立著巨大的雕像，這些雕像看起來恐怖而神祕。宮殿裡的天花板看起來如同夜空一般，漆黑的背景上點綴著些許星星圖案。幸好貓的眼睛天生具有穿透黑暗的能力，她那黃寶石般的眼睛能看清楚周圍的一切。她看到了黑夜女神那張熟悉的臉龐，冷漠而神祕。黑夜女神穿著一件黑紗長裙，她沒有雙手，只有一雙巨大的黑色翅膀。她休息時，翅膀就垂下來蓋住自己的身體。

貓女士走到黑夜女神身邊，輕輕的蹲臥在她的腳下，低聲向黑夜女神問好：「美麗的女神啊！您的老朋友來看您了！」

雖然貓的聲音很輕，但還是把黑夜女神驚得打了個哆嗦。她平時最怕睡覺的時候有什麼聲響了，哪怕是一丁點的聲音，都能把她從睡夢中驚醒。她動了動翅膀，厲聲問道：「小貓咪，你有什麼事情找我嗎？」

貓女士將蒂迪爾一行人的計畫告訴黑夜女神，甚至還不忘加油添醋的講了講那頂魔法帽子的威力。「倘若讓人類找到青鳥，他們就可以洞察一切祕密。那樣的話，他們就更不害怕黑暗，也不會對您有敬畏之心了！」

黑夜女神想了想，覺得很有道理。她還來不及表態，就聽到外面傳來一群人的腳步聲。原來蒂迪爾他們也已經來到夜宮的門口。見到貓女士已經先抵達這裡，大家都很驚訝。蒂迪爾正想問問是怎麼回事，還沒來得及開口，貓女士便急忙迎上前去，裝作笑盈盈的樣子說：「小主人，我是提前來給大家探路的！我和黑夜女神是朋友，我來幫大家熟悉一下地形，這樣我們才可以更快尋找到青鳥。」

聽了貓女士的話，米蒂兒開心的拍了拍手，親暱的抱住她，連聲誇讚。

蒂迪爾也十分高興，他勇敢的向前邁了幾步，站在黑夜女神面前，禮貌的行了個禮：「早安！黑夜女神！我想問問您，您見過青鳥嗎？」

一聽到蒂迪爾說「早安」，黑夜女神立刻板起面孔，站起身來，不耐煩的說：「早早早，我最討厭別人跟我說早安了。我這裡是夜宮，你應該說『晚安』才對！」蒂迪爾站在高大的黑夜女神面前，顯得無比渺小，他突然不知道該怎麼開口了。

貓女士走過來，裝作安慰他的樣子，說：「小主人，我已經向黑夜女神打聽過了，她說這裡並沒有青鳥，我們還是去別的地方看看吧！」

蒂迪爾才不會就此退縮呢！他努力克制著內心的恐懼，勇敢的向前又走了一步，用更大的聲音說道：「請您允許我到您的宮殿裡找一找，可以嗎？」

看到蒂迪爾神態如此堅定，黑夜女神快速的思考了一下，覺得光靠嘴說恐怕說服不了這個小男孩，決定還是採納貓女士的建議，用門裡面的那些東西嚇唬、嚇唬他們，好讓他們知難而退。

她清了清嗓子，用威嚴的聲音說道：「好吧！既然你這麼執著，我就給你一次機會，讓你們去找找看。這是一串可以打開所有門的鑰匙，不過門裡面可能會有非常危險的東西……」她故意停頓一下，臉上露出關心的表情。

「什麼危險？」大夥兒聽了，遲疑著不願前進，但蒂迪爾還是毅然決然的接過鑰匙，堅定的向第一扇門走去。

「第一扇門裡藏著很多可怕的鬼魂！」黑夜女神嚴厲的說道。

聽了這句話，麵包先生嚇得渾身發抖，糖果先生的牙齒也不停的打顫，米蒂兒捂著眼睛，躲在貓女士的身後，不敢朝門裡看。但蒂迪爾面無懼色的轉動著鑰匙，緊靠在他身邊的是狗先生狄洛。狄洛最討厭這些妖魔鬼怪的說法了，他忠心耿耿的陪伴著蒂迪爾。

只聽「喀嚓」一聲，門開了。幾乎所有人都屏住呼吸，大廳裡頓時一片死寂。忽然，一群白色的身影飄了出來。

「啊！快跑啊，太可怕了！」黑夜女神裝作害怕的樣子，故意大喊大叫的往外跑。這一聲尖叫確實起了作用，麵包和糖果都嚇得拔腿就跑，貓女士也拉著米蒂兒到處躲躲藏藏。只有蒂迪爾和狄洛用手去攔住他們。雖然這些鬼魂很瘋狂，但狄洛還是勇敢的拉住他們的腿，最後終於把他們都趕了回去。

門終於關上！蒂迪爾長長的舒了一口氣。

蒂迪爾又看了看第二扇門，好奇的問道：「這裡面關的是什麼？」

黑夜女神揮了揮翅膀：「裡面關的是病魔。」

蒂迪爾打開門，探探頭，可是什麼都沒有發現。當他正打算把門關上時，一個穿著睡衣，流著鼻涕、打著噴嚏的小男孩走了出來。看到這場景，大夥兒不再害怕，還哈哈大笑起來。可是當這個小傢伙走近，他們也開始咳嗽、流鼻涕了。黑夜女神告訴大家：「這是感冒，他是最微不足道的病魔了。」

「天啊！如果我整天都這麼流鼻涕，那該怎麼辦呢？我肯定會融化的。」糖果先生心裡暗暗叫苦。幸虧，蒂迪爾及時把小傢伙趕回房間裡。

「我們再去其他房間看看吧！」蒂迪爾拉著米蒂兒繼續往前走。

「小心啊！那扇門裡關的可都是殘忍的戰爭魔鬼！只要有一個跑出來，後果將不堪設想啊！」黑夜女神忍不住警告蒂迪爾。

此刻，蒂迪爾已經不相信黑夜女神了，他決定把每扇門都打開看一看。沒想到，剛打開了一條小縫隙，就感受到一股強大的力量向外衝出來。只見裡面血流成河，空氣中瀰漫著濃濃的火藥味，轟隆隆的槍炮聲和廝殺的吶喊聲交織在一起。「看來黑夜女神說的都是真的！」蒂迪爾心想，他連忙招呼大家一起過來幫忙，總算把門關上了。

貓女士趕緊趁機遊說蒂迪爾：「親愛的主人，這裡太危險了，我們還是趕快走吧！青鳥肯定不在這兒！」

「是啊！你們趕緊去其他地方找吧！不要在這裡浪費時間啦！」黑夜女神

也想儘快讓這些人離開。

「不行，我一定要到每個房間去看一看。」蒂迪爾堅定的說，他已經準備好打開第四扇門了。

「這裡又會是什麼呢？」他心裡默默的想著。

「這裡是我用來存放黑暗和恐怖的地方。你們得小心啦！」黑夜女神彷彿看透了他的心思。

黑暗？恐怖？蒂迪爾覺得黑夜女神這個謊，實在是撒得不太高明。這裡本來到處都是黑暗，他都已經見怪不怪了；至於恐怖嘛，最恐怖的鬼怪他們都見過了，難道這裡還能有比前面那些鬼怪更恐怖的嗎？

蒂迪爾打開了第四道門，可是，裡面什麼都沒有出來。蒂迪爾好奇的探了探頭，還是什麼都沒有。又過了好一會兒，終於看到幾個身穿黑衣的大個子，他們正哆哆嗦嗦的走過來。他們的樣子實在太滑稽，孩子們哄笑了起來，狄洛也忍不住汪汪叫了起來。但沒想到的是，這些大個子被關在這兒實在是太久了，反而被大夥兒的笑聲嚇到了，看到這麼多人，馬上躲了回去。看到這一幕，黑夜女神心裡很惱火，卻又無可奈何。

現在只剩下最後一扇門了。當蒂迪爾的手剛要碰到門把時，只聽黑夜女神大叫道：「千萬不要碰這扇門！」她尖銳的聲音，讓大家都嚇了一跳。

「為什麼？」蒂迪爾退了一步，禮貌的問道。

「這扇門裡關的是極其可怕的東西，凡是打開過這扇門的人，沒有一個能活著回來的。」黑夜女神裝作非常緊張的樣子，她一邊說，一邊用眼偷偷瞄了瞄在場的每個人。「如果你非要去的話，我也不阻攔你。但是希望等我走開後，你再打開這扇門吧！我要先走了，各位親愛的朋友。」說著，黑夜女神轉身就打算離開。聽了黑夜女神這番話，大家紛紛勸蒂迪爾不要冒險。

「親愛的小主人，你這是拿自己的生命開玩笑啊！」貓女士知道這扇門裡的祕密，極力阻止他。

「你還是聽聽黑夜女神的話吧！千萬不要打開這扇門！」麵包先生一邊

說，一邊使勁的拉著蒂迪爾的胳膊，生怕自己一鬆手，蒂迪爾便衝過去開門。

「哥哥，我不想讓你去死啊！」米蒂兒哇哇大哭了起來。

糖果先生也哭著央求道：「求求你了，還是不要打開這扇門吧！」

只有狄洛什麼話都沒說，就只是默默的陪在小主人身邊。雖然此刻他心裡也很害怕，但他早就下定決心，不管什麼時候，什麼樣的危險，只要小主人想要做的事，他都願意陪小主人一起去做。

蒂迪爾的心怦怦狂跳，喉嚨一陣發緊，有話想說卻又一句都說不出來。他想：「這個時候萬萬不能退縮，如果現在放棄了，那就意味著自己很懦弱。估計以後便再也找不到青鳥了。」

他猶豫了片刻，最終還是決定去冒這個險。他揮了揮手裡的鑰匙，像一位真正的英雄那樣大聲喊道：「我一定要打開這扇門！」

看到蒂迪爾毫不動搖，其他人放棄了遊說，決定趕緊找地方躲起來。麵包躲在柱子後面，渾身打顫。糖果癱軟在地上，嚇得滿頭大汗。米蒂兒撲在貓女士的懷裡，雙手摀住眼睛，緊張得一點都不敢看哥哥。只有黑夜女神站在大廳的另一邊，遠遠望著大家。

蒂迪爾抱著狄洛吻了一下，呼了一口氣，便將鑰匙插進鎖孔。嘎吱一聲，大門打開了；小夥伴們嚇得尖叫起來。但是，映入眼簾的場景令蒂迪爾又驚又喜！他看到了一個夢幻般的花園，一座瀑布彷彿從天上傾瀉而下，嘩嘩的水聲悅耳動聽。花園裡開著閃閃發光的花朵，走廊上爬滿了晶瑩剔透的綠色藤蔓，一群群青色的鳥兒在花園裡自在的飛來飛去。

「哇！」蒂迪爾忍不住大呼起來：「我們終於找到啦！好多的青鳥啊！大家快來看啊！」他一邊說一邊招呼朋友們過來觀看，

大家對眼前的情景確信無疑之後，全都朝青鳥飛奔而去。

大家太開心啦！那麼多的青鳥，隨手一抓，就能抓到五、六隻。

「哥哥，哥哥！我抓到了七隻青鳥，太多啦！我都捉不住了！」米蒂兒興奮的對哥哥說。

「我也抓了好多隻！」蒂迪爾開心的對妹妹說：「我們已經抓得夠多啦！我們這就帶回去給光明女神吧！」

他們蹦蹦跳跳的走出夜宮。

這時，貓女士偷偷來到黑夜女神身邊。女神迫不及待的問道：「他們抓到青鳥了嗎？」

「沒有！」貓女士露出欣喜的表情：「那隻真正的青鳥飛得太高了，他們捉不到。」

黑夜女神長舒了一口氣，慢慢的走回她原來的地方。

這時，蒂迪爾和米蒂兒正朝著光明女神的宮殿飛奔而去，每個人都那麼開心、那麼激動。光明女神也正在焦急的等待著大家的歸來。

「抓到啦！抓到啦！」蒂迪爾看到光明女神，老遠就開始喊道：「那兒的青鳥還真多！」

他正要把懷裡的鳥兒拿來給光明女神看，忽然大驚失色，懷裡的鳥兒全都死了！牠們的翅膀都折斷了，垂下頭，樣子看起來很可憐。蒂迪爾急忙回頭看了看夥伴們，大家這才發現，他們懷裡抱的全是死鳥！

蒂迪爾再也忍不住，「哇——」的一聲大哭起來；米蒂兒也在旁邊抽抽搭搭的哭個不停。光明女神把兄妹倆摟在懷裡，輕柔的拍了拍他們，安慰道：「別哭了，孩子們。青鳥沒有死，只是你們沒有抓到那隻真正的青鳥。只有那隻青鳥才能在陽光下存活。我們一定可以找到牠的。」

麵包和糖果也被兄妹倆感動得異口同聲說道：「我們一定會找到的！」

光明女神看了看疲憊的兄妹倆，決定讓他們先回去仙女宮殿睡一覺，好好休息、休息。

第五章　幸福花園

第二天清晨，曙光降臨，光明女神來找孩子們。

「孩子們，有一個想法像一道光閃過我的腦海。我想帶你們去『幸福花園』找青鳥。那裡匯聚了人類一切的歡樂和幸福，我想青鳥說不定就住在那裡。」

懷著美好的心願，他們欣然前往，來到了幸福花園的入口處，命運守衛著花園的大門。蒂迪爾好奇的問：

「裡面有很多歡樂和幸福嗎？他們長得一樣嗎？」

「裡面有很多的歡樂和幸福，有小個子，也有大個子的；有胖的，也有瘦的；有漂亮的，也有醜陋的。總之，幸福都長得非常和善，不過也有一些幸福比最大的不幸還要陰險。不幸和幸福是鄰居，他們的洞穴之間隔著一層薄幕。從正義之港和永恆之淵吹來的風，不時會將這層薄幕掀起。我們一定要小心行事！」

這一次的幸福花園之旅，光明女神仍決定派狗先生、麵包先生和糖果先生陪孩子們去，她覺得水太冰冷，火太熱情，牛奶太容易動感情，都不適合跟著去；貓則可以自行決定。

狗趁機挖苦貓說：「貓女士害怕了吧？」

貓小聲的回敬狗：「我害怕什麼？我還要拜訪幾位老朋友呢！他們就住在『幸福』的隔壁，是幾位『不幸』。」說著便溜了出去。

蒂迪爾滿臉期待的望著光明女神問：「您也進去嗎？」

「我也陪你們一起去。」她抖開了一條又厚又長的面紗，說：「只是我要用面紗遮住我的光。沒有幾個『享樂幸福』受得了光，而且，真正見面的時辰還未來到。」

蒂迪爾不明白光明女神的話，不過他也預感到了什麼似的。兩個孩子、狗、麵包和糖果簇擁著光明女神，膽怯的進入了幸福花園。

真是個豪奢的宮殿！到處都是琳琅滿目的奇珍異寶，餐桌上放滿了燭臺、水晶器皿、金銀餐具。麵包看到上面的珍饈美食便口水直流。蒂迪爾好奇的看著那些圍在桌前飲酒作樂的人，他們個個肥頭大耳、面紅耳赤，穿著綾羅綢緞、珠光寶氣。有的人在大吃大喝，有的人在手舞足蹈，有的人甚至酣睡在野味、水果和翻倒的酒瓶之間。美麗的女僕端著彩繪的盤碟和冒著氣泡的飲料，來回穿梭伺候著他們。大廳裡響徹庸俗粗野的樂聲。

「這些吵吵嚷嚷的人是什麼人呢？我怎麼覺得青鳥不大可能藏在這裡？」蒂迪爾問。

「他們是人間的『享樂幸福』，是一種用肉眼也能看得見的幸福。萬一青鳥一時迷路了，也是有可能會迷失到這裡來的。你先別轉動鑽石，我們到處轉一轉，找一找。」

「我可以走到他們中間去找嗎？」蒂迪爾問。

「可以，他們雖然俗氣，不過並不兇。只是，他們如果邀請你們吃飯，千萬別接受！記住！你必須禮貌的拒絕他們！」

「什麼？連一小塊點心也不能嚐嚐嗎？它們看起來多香甜可口啊！上面鋪著那麼多糖和蜜餞，奶油多得都快流出來了。」蒂迪爾忍住口水。

「點心很危險，它會摧殘你的意志力。」光明女神說。

「看他們的野味！肉腸！羔羊腿和小牛肝！世界上沒有比牛肝更好、更美、更有價值的東西了！」狗的兩隻眼睛看得發直，好像在發表演講似的。

「精製麵粉做的麵包除外！」麵包開口說：「他們的麵包個頭比我還大！太漂亮了，太漂亮了！」

「抱歉，抱歉，萬分抱歉，我不想冒犯誰，但我必須要說，糖果和甜食才是這個地方的明星。滿桌子都是甜食，它們的光彩和美味超過了這裡的、甚至是世界上的一切東西。」

他們的溢美之詞不小心傳到了享樂幸福那裡。一個最肥胖的幸福領著一群肥胖的幸福，雙手捧著肚子，面帶笑容，步履蹣跚的走向他們。

「你好啊！親愛的蒂迪爾。」

「您認識我？您是哪位？」

「我是最重要的幸福，叫『有錢幸福』，我代表我的家人──」說著指了一下他身後的一群人：「盛情邀請您和您的家人光臨我們不散的宴席。您會享受到世界上最真實的幸福。請允許我向您介紹最重要的幾位家人。」

「這位是我的女婿，『有地產幸福』。」他的肚子像顆梨。

「這位是『有面子幸福』，他的臉有些虛胖，卻很迷人。」

「這兩位是『不渴而飲幸福』和『不饑而食幸福』，他們是雙胞胎。」蒂迪爾看見，他們的腿是通心粉做的，他倆搖搖晃晃向他打招呼。

「這位『一無所知幸福』，他像石頭一樣聾；他的弟弟『毫不理解幸福』則像蝙蝠一樣瞎。」

「還有小朋友們最喜歡的這兩位幸福，『好吃懶做幸福』和『貪睡賴床幸福』，他們的手是麵包條做的，眼睛是桃子果凍做的。」

「還有這一位『狂笑幸福』，他總是傻笑個不停，嘴巴一直咧到耳根。」

問候蒂迪爾的時候，他也笑得前仰後合。

介紹完後，最肥胖的「有錢幸福」拉著蒂迪爾的手，熱情的說：「來吧！到我們的宴會中來。這是天亮之後的第十二次開宴了。大夥兒都在大聲喊著您呢！就等您上座了！」

「多謝了，『有錢幸福』先生。但非常抱歉，我暫時不能接受您的邀請，因為我有急事。我們正在尋找青鳥，請問您知道牠在哪兒嗎？」

「青鳥？我們以前聽說過，是一種不能吃的鳥。總之，牠沒上過我們的餐桌。換句話說，牠沒有任何價值。別去找牠了，比牠好吃的東西我們多的是。來吧！和我們一起生活，看看我們都做些什麼吧！」

「你們做些什麼？」

「我們永遠忙著做的就是什麼都不做。哈哈！我們一天到晚都忙著吃、喝、玩、睡。這些都非常費心，我們忙得連休息都顧不上。」

「你們覺得這樣快樂嗎？」

「當然快樂！因為世界上沒有別的事好做呀。」

「真的嗎？」光明女神反問道。

最肥胖的幸福滿臉不悅，指著光明女神問蒂迪爾：「這個沒教養的蒙面姑娘是誰？」

蒂迪爾沒有回答，因為他無意中看到狗、糖果及麵包和一群所謂的胖子幸福拉扯在一起，他們半推半就的上了席，還大吃大喝、手舞足蹈起來。

蒂迪爾喊道：「光明女神，快看，他們吃了！」

「把他們叫回來，否則後果不堪設想。」光明女神命令道。

「狄洛！狄洛！回來！回來！還有你們，糖果和麵包！誰讓你們擅自離開這裡的？回來！」

「你對我們說話能不能客氣點？」口裡塞滿東西的麵包居然頂撞蒂迪爾。

「怎麼？麵包你變得這麼沒禮貌！狄洛，你就是這樣表現忠心耿耿的嗎？快點兒回來！」

「這麼好吃的東西，我一旦吃過了，就什麼都聽不見，誰也顧不了了。」狗不敢看主人，小聲的嘀咕著。

糖果用甜蜜蜜的聲音說：「請原諒，要是我們馬上離開，一定會傷害這些好心的主人。」

「多好的榜樣！來吧！大家都在等著你們呢！」最肥胖的幸福心滿意足的說：「如果你們不答應，我們就要使用最溫柔的暴力了，大家快來，把他們拖過去，不管他們願不願意，我一定要讓他們好好享受一番。」

所有的胖子幸福，一邊快樂的叫嚷著，一邊手舞足蹈的拖走兩個孩子，孩子們掙扎著。「狂笑幸福」有力的抱住了光明女神的腰。

「蒂迪爾，快轉動鑽石！」光明女神小聲的提醒著。

蒂迪爾轉動了鑽石。剎那間，嘈雜熱鬧的宴席不翼而飛，四周籠罩在柔和、神祕的玫瑰色光線中，散發著沁人心脾的氣息。一個神話般優美寧靜的花園映入眼簾。高大的樹木鬱鬱蔥蔥，飄香四溢，泉水叮咚作響。空靈、清新的景象讓人心曠神怡。

花園的一角濃霧還未散盡，陰影中的胖子幸福再也笑不起來了，他們驚慌失措的看著自己的綾羅綢緞都被狂風撕成了碎片。更可怕的是，他們一個個像破裂的氣泡漸漸乾癟萎縮。他們面面相覷，驚恐的看到對方露出赤裸裸的真面目：面目醜陋，皮肉鬆弛，神情淒慘。隨著「狂笑幸福」發出一聲刺耳的尖

叫，他們羞愧而驚恐的一邊叫著一邊四散奔逃，一心指望逃到一個晦暗的角落藏起來。絕望之下，他們紛紛越過了通往「不幸」的簾幕。每當他們掀開帷幕的一角，裡面就傳來一陣陣暴風驟雨般的惡罵和詛咒。

狗、糖果和麵包羞愧難當的躲回蒂迪爾身後，垂頭喪氣的沉默著。

「這是怎麼回事？醜陋和美麗，幸福和不幸，怎麼說變就變？真把我搞糊塗了。我們這是在哪兒？」蒂迪爾問光明女神。

「我們還在原地。」光明女神說：「如今你看到的是事物的真相。神奇的鑽石能讓我們看到幸福的靈魂。我們很快就能見到那些能承受鑽石之光的『幸福』了。」

「瞧，有幾個可愛的『幸福』過來了……」

蒂迪爾的眼前出現了許多天使的身影。她們身穿閃閃發光的長袍，色彩柔和清新。她們悠然的穿梭於樹木之間，宛如玫瑰之初醒，水波之微笑，森林裡的精靈，綠葉上的露珠。

「好美啊！好多天使，瞧！四面八方都是！」

「以前更多，那些享樂幸福害慘了她們。等到鑽石的魔力散布到花園的每個角落，你會看到更多的『幸福』。**世界上的幸福遠比人們想像得多，只不過大多數人卻發現不了他們……**」

一群小傢伙幸福從綠樹叢中蹦蹦跳跳的圍了過來，他們笑得樂不可支。

「真可愛！你們叫什麼名字？」

「他們是『孩童幸福』，他們能笑能跳，但還不會說話。」

蒂迪爾情不自禁的和他們一起跳起舞來。

光明女神說：「蒂迪爾，不能再跳了。我看青鳥不在這兒，再說他們馬上也要走了。童年是短暫的，他們的時間很少。」

蒂迪爾不捨的看著『孩童幸福』漸行漸遠。他們剛走，另一群稍大一點兒的幸福蜂擁而至。

「你好，蒂迪爾。」領頭的孩子說。

蒂迪爾驚奇萬分：「你也認識我？你是？」

「你要是連我也認不出，這裡的幸福你就都不認識了。」

蒂迪爾覺得有點難為情，尷尬的說：「喔喔，我想起來了，我知道了。可是我怎麼稱呼您？」

「看來你還是沒認出我們嘛！」說著，領頭幸福咧著嘴笑起來，其他的幸福也都捧腹大笑。「我是你家裡的幸福頭兒，這些都是住在你家的幸福。」

「什麼？我家有這麼多的幸福？」幸福的話讓蒂迪爾瞠目結舌。

「你們都聽到了吧！你竟然不知道你家裡有沒有幸福？唉，小可憐蟲，你家裡的幸福多得連門窗都要擠破了，我們成天在你家裡唱啊、跳啊，可是你卻都看不見。我只希望你以後能懂事點，當快樂的一天結束的時候，你能用微笑感謝他們。我們可是竭盡全力使你生活得輕鬆愉快哦！來吧！為了以後你能認得我們，來和最有名望的幸福握握手吧！」

「你好，我是『健康幸福』，雖然我不漂亮，但是我很重要哦！」幸福頭兒自我介紹道。

「我是『新鮮空氣幸福』。我是透明的，但這並不代表我不存在。」

「我是『藍天幸福』，看我的衣服，是不是很鮮亮？」

「我穿著綠衣裳，每次你站在窗前就能看到我，猜到了吧？我就是『森林幸福』。」

「我無處不在、閃耀著鑽石般的光芒。這就是我，『陽光幸福』！」

蒂迪爾一一和他們握手問好。「你們所有的日子都這麼美嗎？」

「當然啦。每天只要你睜開眼睛就能看到我們一直在你周圍，和你一起吃、喝、睡，一起呼吸和生活。日暮時分，你會看見『日落的幸福』，他比世界上所有的國王都華美；夜晚降臨的時候，你會看見『星星的幸福』，他們比一千顆鑽石還閃亮；天氣不好的時候，『下雨的幸福』全身綴滿了珍珠；如果天氣寒冷，『冬日爐火的幸福』會敞開紫紅色的斗篷歡迎所有凍僵的手。」

「喔！對了，這裡最好的一個是『思想的幸福』，他是『歡樂』的哥哥，這裡就數他最明亮。這裡有數不清的幸福，我就不一一介紹了，我得去給那些『歡樂』姐妹們送個信，她們住在天上，靠近天國大門。她們還不知道你們來了呢！『赤足踏露的幸福』，你在嗎？幫我去送個信。」

這時，一個穿著深色緊身上衣的小魔鬼一邊發出怪叫，一邊擠了過來。他走近蒂迪爾，彈彈他的鼻子，打了幾下蒂迪爾的臉，還踢了蒂迪爾幾腳。

「這個野蠻的小傢伙是誰？」蒂迪爾生氣的問。

「他是『肆無忌憚的快樂』，他從『不幸』的洞穴裡溜了出來。他到處蹓躂，哪裡也管不住他。」

愛惡作劇的小魔鬼繼續戲弄著蒂迪爾，蒂迪爾只能無可奈何的保護著自己。突然，小魔鬼爆發出一連串笑聲，莫名其妙的笑死了，就像來的時候那麼突然一樣。

「瘋瘋癲癲，莫名其妙。」蒂迪爾說。

「你不聽話的時候也是這樣的……你該問問他青鳥的事，也許他會知道青鳥在哪兒。」

「可是，他在哪兒？」

「他自己都不知道去哪兒了。」所有幸福都哄堂大笑起來。

「別笑了！這有什麼好笑的？」蒂迪爾有點生氣了。但他的話反而激起了一陣大笑。

「別生氣，蒂迪爾，我們會儘量嚴肅點。你不知道，我們天性樂觀。瞧，『歡樂』朝我們走過來了。」

蒂迪爾看到一些美麗的倩影，身穿亮閃閃的長裙的女子緩步走近。

「她們真美啊！可是為什麼她們不笑呢？」蒂迪爾問。

「最快樂的人並不是歡笑的人。」光明女神說。

「她們就是『歡樂女神』嗎？」

「是的，」幸福說：「最前面那個是『正義歡樂』，每當正義得到伸張，她就會微笑。她身邊的是『善良歡樂』，她總是很樂意去安慰『不幸』，要阻止她真是太難了；右邊那個是『成就歡樂』，她的旁邊是『理解歡樂』，她總在尋找她的弟弟『毫不理解幸福』。」

「我們見過她的弟弟，他和享樂幸福們在一起，後來他們去不幸那兒了。」

「一切都在我的意料之中，他變壞了，近朱者赤近墨者黑，千萬別告訴他的姐姐。要是『理解歡樂』去找他，我們就失去一個最善解人意的姐妹了……那個是『審美歡樂』，她每天都給這個花園增添幾縷光明。」

「那是誰？我踮起腳尖才能看到的那一個。」蒂迪爾指著遠處的雲彩問。

「那是『愛情歡樂』。別看了，你太小了，看不到她的全貌。」

「那幾個呢？在最遠處的那幾個，她們為什麼戴著面紗，不肯過來？」

「她們是還不被人們所認識的『歡樂』……看！那兒來了一個新的歡樂，你認識她嗎？」

「有點熟悉，不大認識，她是誰？」

「你真的不認識？睜開眼睛好好看看，敞開靈魂看看。這是你的媽媽，她是『母愛歡樂』。」

「蒂迪爾，米蒂兒！我親愛的孩子。你們怎麼到這兒來了？我一個人在家裡可孤單了。」母愛歡樂摟住兄妹倆，親了又親。

「怎麼了，孩子？你們不認得我了嗎？難道這不是我的眼睛、我的嘴巴，我的手臂嗎？」

蒂迪爾仔細端詳著母愛歡樂：「你很像我的媽媽，可是你比我媽媽更年輕漂亮。所以……」

「在這兒我永遠不會變老，你每微笑一次，我就年輕一點。在家裡，你們什麼也看不到，可是在這兒，什麼都看得見了。」

蒂迪爾目不轉睛的盯著媽媽，又驚又喜。

「你的裙子真漂亮。是用什麼做的？綢緞？銀子？還是珍珠？」

「它是用親吻、撫摸和愛的目光做的，孩子。你的每一個吻都會為它增添一縷月光或日光。」

「太奇怪了，你什麼時候變得這麼富有？我從來沒見你穿過這條裙子。媽媽是不是把這條裙子藏起來了，藏在只有爸爸才能打開的衣櫃裡？」

「不，我一直都穿著呢！只是沒有人看出來罷了。所有的母親都是富有的，沒有醜的、老的、窮的母親。即使在她們傷心的時候，她們只要吻一下孩子或者孩子吻一下她們，她們的眼睛裡就會流露出最亮的星星。」

「真的，你的眼睛裡全是最亮的星星。」蒂迪爾撫摸著媽媽的眼角。「比你平時的眼睛還漂亮。還有你的手，也比平時的細嫩，好像還有光澤呢！」

「因為我在撫摸你啊！孩子，你難道沒有看到，這隻手一撫摸你就會潔白潤澤嗎？」

「你的聲音也變得柔和動聽了。」

「因為在家裡總是很忙，沒有時間和你們好好說這麼多話。現在你看到我了，聽到我的聲音了。明天你回到我們的小屋子，你還能認得出穿著破舊衣裳的我嗎？」

「我不想在家裡。你在哪兒我就在哪兒。」

「可是沒有分別啊！我此刻就在人間。世界上只有一個母親，沒有兩個。你以為這兒是天堂，實際上，**只要我們相親相愛的地方都是天堂**。到這兒來，無非是讓你明白世界上的母親都是年輕漂亮的，只是你要懂得如何去發現這一點……你是怎麼到這兒來的，孩子？自古以來，人類一直在尋找這條路，你是怎麼找到的？」

「是光明女神帶我來的。」蒂迪爾指著身邊的光明女神。「她擔心她的光亮會讓『幸福』受驚嚇，所以用面紗遮住了臉。」

「喔，光明女神！雖然我沒有見過她，可是我和我的『歡樂』姐妹一直都在等待她。姐妹們，快來啊！光明女神來看我們了。」

所有歡樂都迎了上來，「光明女神來啦！是光！是她！」

理解歡樂擠開眾人，上前擁抱了光明女神：「您就是光明女神啊！我們等了您多少年呀！雖然我們很快樂，可是沒有您，我們永遠看不到我們自身以外的東西。」

審美歡樂也擁抱光明女神：「您還認得我嗎？我們一直祈求您的到來，我們很快樂，可是沒有您，我們永遠看不到我們夢幻以外的東西。」

大家異口同聲的說：「您是我們的女神，請您揭開面紗，讓我們看到自己的影子，也讓我們看看最後的真理和幸福吧！我們都很堅強，請給予我們應有的獎賞。」所有歡樂都跪倒在光明女神腳下，祈求著。

「美麗的姐妹們，這一刻還沒到，也許再過不久就要到了。到那個時候，我會毫無顧慮、不加掩飾的回到你們身邊。再見了，讓我們像久別重逢的姐妹一樣擁抱，那一天不久就會來了。」光明女神深情的說。

母愛歡樂擁抱了光明女神，並感謝她把她的兩個孩子照顧得那麼好。

理解歡樂走近光明女神，淚水漣漣的說：「請把最後一個吻印在我的額頭上吧！」

她們互相擁抱了很久，當她們分開的時候，只見對方都淚如雨下。

蒂迪爾驚訝的問：「為什麼大家都哭了？」

「孩子，別說了……」光明女神哽咽的回答。

她帶著孩子們悄然離開了幸福花園。

第六章　未來世界

第二天早晨，蒂迪爾和米蒂兒像往常一樣開心的醒來，他們早就忘記昨天那些歡樂們在幸福花園時的眼淚。光明女神撫摸著小男孩的濃密捲髮，微笑著向他們發出新的邀請，說：

「蒂迪爾，你是一個勇敢的孩子，你一定會找到你想要的東西。這一次，你只能和米蒂兒一起踏上新的旅程，但你不用擔心，今天的旅程不僅沒什麼危險，還會遇到成千上萬的孩子，會見到許多地球人無法想像的奇妙玩具。」

光明女神讓其他同伴留在她的地下室休息，她的地下室別緻、舒適，可是沒有她的許可，任何人都出不去，只有她的魔法才能打開地下室的翡翠牆。

光明女神用魔杖輕輕一點，翡翠牆忽然分開，他們從那裡穿過，走向水晶臺階，來到泛著綠光的地下室大廳，彷彿陽光穿透枝葉的森林。

大廳裡有幾張沙發和一張黃金桌，桌上擺滿滿誘人的水果、蛋糕和散發著

香氣的葡萄酒，都是光明女神的侍從剛剛準備的。侍從們穿著白色的長袍，戴著黑色的帽子，帽子上還有一朵火焰，就像正在燃燒的蠟燭，孩子們看見了不禁哈哈大笑。

光明女神還問大夥兒需不需要書和玩具，牛奶小姐、糖果先生、水姑娘，火先生和麵包先生笑著答道，除了吃喝玩樂之外，什麼都不需要了。

只有小狗狄洛除外，他睜著黑色的大眼睛，用渴望的眼神哀求著蒂迪爾。

「我也想跟你一起去。」他說。

「可是我們去的地方狗不能進去，對不起。」蒂迪爾親了他一下。

狄洛愁眉苦臉想了好一會兒，突然興奮的跳起來，他想到一個絕妙的主意了！他走向正在把玩珊瑚項鍊的水小姐，彬彬有禮的說了好一堆奉承話，向她求得了最大的那串項鍊。狄洛把鏈子的一頭繫在脖子的項圈上，興沖沖的走到主人身邊，把鏈子的另一頭遞給蒂迪爾，然後跪在他腳下說：

「現在可以帶我去了，狗繫上鏈子，就不會搗亂了。」狄洛充滿期待的望著他的小主人，心裡想：為了讓我的小主人帶著我，我不妨放棄我的自由。雖然我剛擺脫狗的生活，但那些痛苦的記憶是怎麼也抹不去的，最讓我痛苦的不就是被狗鏈子鎖住嗎？狗鏈子束縛我的自由，讓我不能東嗅嗅西聞聞，還不能和朋友們熱情的打招呼。好吧，我決定再忍受一次這種屈辱的折磨！

「很遺憾，就算是這樣，你也不能一起去。」光明女神溫柔的說：「我知道你的心思，狄洛，你讓我很感動，放心吧！下一次旅行，他們就會需要你的幫忙了。」

說完，她用魔杖碰了一下翡翠牆，牆開了，她和兩個孩子走了出去。

光明女神的「馬車」在廟宇外面等候，那是一個可愛的巨大碧玉貝殼，上面還鑲嵌著閃閃發光的金子。他們一坐上去，拉車的兩隻白色大鳥立刻騰空而起，升入雲霄。白鳥飛得極快，孩子們樂得手舞足蹈。兩旁的美景應接不暇，沒等他們看個夠，他們發現自己已經停在一座令人目眩神迷的青色宮殿前。

宮殿裡的一切都是青色的，光線、石板、石柱子，連最小的東西都泛著光彩奪目的青色，豪華美麗的宮殿一眼望不到盡頭，青色無邊無際，一種童話般的深青色。

「天啊！多美啊！我們這是在哪兒？」蒂迪爾驚喜萬分。

「這是未來世界，這裡住著所有還沒有出生的孩子。」光明女神說：「仙女賜給你的鑽石能夠讓我們看到常人看不到的地方，也能讓我們看清未來世界。青鳥說不定和未來世界的孩子們在一起。瞧，他們來了。」

一群穿著青色長袍的孩子，活蹦亂跳的從四面八方圍了過來。這些孩子可愛極了，有著不同顏色的皮膚和頭髮，黑色的、黃色的，還有紅棕色的。他們興高采烈的嚷道：「活小孩，快來看活小孩！」

「他們為什麼叫我們『活小孩』？」蒂迪爾

問光明女神。

「因為他們還沒有真正開始『活』呢！他們在等待出生時辰，當地球上的爸爸、媽媽想要他們的時候，後面那些大門就會開啟，小傢伙就誕生了……」

「這麼多孩子！」四周都是數不清的青孩子，有一個好奇的走到蒂迪爾跟前望著他。青孩子的眼睛像泉水一樣清澈，長袍下露出一雙粉嫩嫩的小腳。

「你好！」蒂迪爾友好的伸出手。

可是青孩子不懂意思，他摸了摸蒂迪爾的帽子，模糊的問：「這是什麼？」

「這個？這是我的帽子。」蒂迪爾說：「天氣冷，我們就戴帽子，你們沒有嗎？」

「沒有。天氣冷，是什麼意思？」

「就像這樣，打哆嗦，尤其是冬天沒有生火的時候。」蒂迪爾用力的揉搓著胳膊，還縮著脖子朝手裡哈氣。

「為什麼沒有火？」

「生火是要用錢買木柴的。」蒂迪爾很驚訝，這是很簡單的常識啊！

「哦……」青孩子佩服的望著蒂迪爾：「錢是什麼？」

「錢可以換很多東西，比如說吃的、喝的、玩的。」蒂迪爾笑出聲來。

「哦！我明白了。」其實他什麼也不明白。

「你多大了？」蒂迪爾問。這會兒輪到蒂迪爾好奇了。

「我快出生了。」青孩子說：「出生好玩嗎？我們是怎麼出生的呢？」

這個問題把蒂迪爾難倒了。不過他不想讓人覺得無知，於是就像個大人似的，手插在口袋裡，仰頭望著天，故作輕鬆的聳聳肩，答道：「說實話，那是很久很久很久以前的事了，我不記得了。」

「聽說那邊有很多好吃的、好玩的，地球人過得很快活，是嗎？」

「還不錯，地球上有很多好東西。有的孩子什麼都有，有的孩子只能看著別人吃啊、玩啊。」蒂迪爾說著，想起聖誕節前夕和妹妹一起玩的遊戲，笑了。

「那我出生後，會有好吃的、好玩的嗎？」

「如果你的家很富裕，就會有；如果你的家很貧窮，就沒有了。」

「那我就不去貧窮的家。」

「我家就很窮，可是我們也有很多快樂。」

蒂迪爾的話讓青孩子更糊塗了。但他還是很想知道未來的事：「他們告訴我，媽媽就守在家門口……媽媽很好，是嗎？」

「是的，她們是最好的人，奶奶也是。可是她們死得太早。」蒂迪爾忽然覺得好想媽媽和奶奶，尤其是奶奶，一想到她，眼眶裡就熱熱的。

「死？死是什麼意思？」

「死就是某天晚上走了，再也不回來了。」蒂迪爾快說不下去了。

「你的奶奶走了嗎？你的媽媽，還是奶奶，我怎麼知道呢？」

「可是媽媽和奶奶是不同的！奶奶先走，這已經夠讓人傷心了，我的奶奶對我很好……」蒂迪爾哽咽了，眼淚一串一串的掉到了地上。

「你的眼睛怎麼了，它們是在造珍珠嗎？」青孩子好奇的伸手觸摸蒂迪爾的眼淚。

「不，這不是珍珠。」

「那是什麼？」

「沒什麼，是一點兒水……偶爾，哭的時候……」蒂迪爾用力的揉揉眼睛，他認為自己是個響噹噹的男子漢，他可不承認自己哭了。

「哭是什麼意思？」

「我沒哭！不過如果哭了，就是從眼睛裡掉出點兒水罷了。」蒂迪爾驕傲的說。

「你經常哭嗎？」

「怎麼會！你在這裡哭嗎？」

「我還不會哭。」

「你會學會哭的……咦？那是什麼？」蒂迪爾指著遠處一雙青色的大翅膀問道。

「那是我要到人間發明的東西。」青孩子十分自豪的說：「我還不知道它叫什麼，因為未來世界的發明，只有到了人間，才會有名字。你可以過去仔細瞧瞧。」

蒂迪爾剛走過去，青孩子就爭先恐後的簇擁過來。一個青孩子手裡拿著一個青色的瓶子，拉拉蒂迪爾的袖子說：「這是我發明的延長壽命的三十三種靈藥……」還沒等他說完，另一個青孩子從嬰孩中間走了出來，他用一種奇妙的火焰點亮自己，得意洋洋的說：「我帶來了一種沒人知道的光！妙不妙？」

蒂迪爾和米蒂兒被青孩子們圍在中間，在混亂的叫嚷聲中，兩個孩子被拽到一個機器工廠，青孩子們同時啟動了各自發明的機器。各式各樣不知名的機器不停的運轉著，看得兩個孩子眼花撩亂。

有個自稱為「九星之王的園丁」的青孩子，他為五十三年四個月零九天後的地球培植了好多植物，有像桌子一樣大的雛菊，還有像西瓜一樣大的蘋果，像梨子一樣大的葡萄……蒂迪爾瞪大了眼睛，看得目瞪口呆。

「可是，『九星之王』又是誰呢？」蒂迪爾饒有興致的問。

「我在這裡。」一個聲音高聲宣布。忽然，所有的孩子都把花朵似的歡笑臉龐轉向聲音傳來的方向，「在那邊，在那邊。」成千上萬的孩子齊聲說道。

蒂迪爾並沒有看到高大、威嚴的國王坐在寶座上，卻發現了一個胖乎乎的小嬰孩，無動於衷的坐在一根廊柱下面，他是一個沒有把活孩子放在眼裡的人。

他的眼睛水汪汪、閃著青色的光芒，彷彿漫遊在無窮的夢想裡。他的右手托著頭，彷彿裡面裝滿了沉甸甸的思想，金色的頭髮上帶著一頂金色的王冠。當他喊著「我在這裡」的時候，他本想從廊柱下站起來，一步就邁上臺階的頂點。可是他的手腳還很笨拙，結果鼻子著地摔了

一跤。他立刻站了起來，沒有一個孩子敢嘲笑他。這一次他索性手腳並用爬上臺階，然後兩腿分開，踮著腳尖，從頭到腳打量著蒂迪爾。

「你的個頭不大呀！」蒂迪爾差點笑出聲來。

「但我要做的事可不小。我要建立太陽系的行星聯盟。只有我一個人能做到。」小國王用不容置疑的口吻反駁道。

蒂迪爾驚訝得眼珠子都快瞪了出來。小國王接著說：

「所有的行星都屬於這個聯邦，只有土星、天王星、海王星除外，他們的距離都太遠了。」說完，他又搖搖晃晃的走下臺階，恢復他沉思的姿勢，不再理睬眾人，因為他要說的話已經說完了。

蒂迪爾不想打擾小國王的沉思，他還想瞭解更多青孩子的祕密。於是，他結識了打算把歡樂通過思想帶去地球的青孩子，還有將從地球上剷除不義的英雄（儘管他自己並不願意）和將要征服死亡的狂人……

「蒂迪爾！米蒂兒！你們好嗎？」

一個青衣嬰孩向蒂迪爾跑了過來，模樣和蒂迪爾有幾分相似。

「你怎麼知道我們的名字？」蒂迪爾說。

「因為我是你未來的弟弟。」

蒂迪爾和米蒂兒十分驚訝，太奇妙的相遇了！他們互相親吻個不停。

「我正在裝行李呢！告訴媽媽，我已經準備好了，讓爸爸把搖籃修一下，我會在明年復活節前的星期天出生。」

「太好了，你會帶什麼來我們家呢？」

「我帶了三種病：猩紅熱、百日咳和麻疹。」他自豪的說。

「啊，都是這些啊？然後呢？你會做什麼呢？」

「然後我就走了。」

「真可惜！」米蒂兒難過的說：「你好不容易來到我們家，這樣也太短暫了吧？」

「這可由不得我。」小弟弟好像很生氣。

這時，大廳響起一陣聲響，好像迴廊有數千扇看不見的門一齊打開。

「發生了什麼事？」蒂迪爾問。

「是時間來了，」一個青孩子說：「他要開門啦！」

大廳一片騷動。青孩子們紛紛拋下自己的發明，睡覺的青孩子們也醒過來了，所有的眼睛都盯著大門，嘴裡叨念著同一個名字：「時間！時間！」蒂迪爾好不容易抓住一個青孩子的長袍，想問個究竟。

「別煩我！」青孩子焦急的說：「說不定今天就輪到我了……今天該出生的孩子去地球的時辰到了，時間正在開門呢！」

「時間是誰？」蒂迪爾問。

「是一個老頭兒，他會來帶領我們動身的。」另一個青孩子不疾不徐的說：「他不算兇，可是他不講情面……如果你的出生時辰未到，再怎麼求他也沒有用。」

這時，光明女神趕到蒂迪爾和米蒂兒身邊，神色緊張的說：「快走，別讓時間看到你們！」說著，她用金色的斗篷罩住兩個孩子，來到大廳的角落。

蒂迪爾明白，**時間神通廣大，沒人能夠抵抗。他既賜予生命，也吞噬生命。他飛快的掠過，人們根本看不清他的腳步。他吃掉一切，不管是快樂還是憂愁，春天還是夏天，一切都是他網裡的魚。**時間已經把他的爺爺、奶奶、幾個弟弟和妹妹，都吃掉了！

「未來世界的每一個人竟然都這麼急切的想和他見面，」蒂迪爾感到很疑惑：「難道他不吃這裡的一切嗎？」

大門緩緩打開，一道炫目的光照亮了大廳，從地球傳上來的喧嚷聲猶如遙遠的音樂。時間老人在門檻處出現。

他是一個高高瘦瘦的老頭，灰白的鬍子垂過膝蓋。他一手拿著一把巨大的鐮刀，一手拿著一個沙漏。在他身後，灑滿晨光的海面上，停泊著一艘華麗的船，白帆飄揚。

「我點到誰的名，誰就上船。」時間老人發出青銅般肅穆的聲音。

「我來啦！我來啦！」很快，青孩子們就把老頭兒圍個水泄不通。

老人嚴厲的說：「一個一個來！又來了一大堆不該走的人！老是這樣！你們騙不了我！」沒有誰能從他的鐮刀和斗篷下溜過去，誰也騙不了他那雙銳利的眼睛。

「還沒輪到你！」他對一個青孩子說：「你明天才出生呢！……你也不行，過十年再來！……還有你，快回去！這已經是第三次了，再讓我發現，你就去我的姐姐永恆那裡待著，永遠不許投胎！……他們想要一個誠實的人，不要工程師。」

一個臉色蒼白的孩子怯生生的走上前來，哀

求道：「帶我走吧！」

「是你！」時間憐憫的說：「你很可憐，活不了多久。」

幾乎所有的孩子都羡慕的看著將要出生的人，但有時也會有意外，現在就有一個孩子無論如何也不願意走——那位將來註定要剷除不義的英雄。他緊緊拉住同伴的手。

「我不要去那個世界！」

「不行！」時間老人無情的說：「人們需要你，你要為正義奮鬥。這可由不得你，快往前走。」

一個青孩子走上前來：「讓我去吧！我願意頂替他！聽說我的爸爸媽媽很老了，等我等了很久了。」

「不行！」時間老人斬釘截鐵的說：「聽你們的就亂套了。這個想走，那個不想走，麻煩多得很。你們幾個，怎麼抖得跟樹葉一樣？」

「我忘了帶我的盒子了，裡面放著我要犯的兩樁罪。」一個孩子說。

「我忘了帶我的小瓶子，裡面裝著讓人們變聰明的想法。」第二個孩子說。

「我忘了帶我的梨樹嫁接枝。」第三個孩子說。

「快跑回去取！沒有帶任何東西，休想出生。現在只剩下六百一十二秒了！快點！」時間老人邊說邊清點上船的人數。

「都到了嗎？還缺一個……你，情人，快和你的情人告別吧！」

兩個叫做情人的青孩子緊緊抱在一起，臉色慘白，他們死也不想分開。

「時間先生，讓我們一塊兒走吧！」他們哀求道。

「不行！」

「那我寧願不出生，要不然，當她出生的時候我已經不在人世了！」

「這不歸我管，你去找生命求情吧！」時間說完便抓住一個情人上了船。

另一個情人拽住她的情人的衣服，嚎啕大哭：「讓他留下！」

時間老人使勁將他們分開，皺著眉說：「這又不是去死，這是去投胎呀！」

「留句話！」被留下的情人向她的情人喊道：「讓我知道怎麼找到你！」

「我永遠愛你！」他淚流滿面的說：「我將是世上最憂傷的人！你一定會認出我的！」

曙光之船就要開了，登上船的孩子留戀的和船下的孩子揮手告別後，興致勃勃的看著遙遠的地球。

「真藍啊！」

「真亮啊！」

「真美啊！」

遠處的地底下傳來一陣悅耳的歌聲，那是媽媽歡迎他們的歌聲。

時間老人回頭轉身準備關上大門的時候，他向大殿瞥了最後一眼，驟然發現躲在角落裡的蒂迪爾、米蒂兒和光明女神。

「怎麼回事？你們在這兒幹什麼？你們是什麼人？為什麼不穿青衣？你們是怎麼進來的？」他既驚訝又憤怒的問道，舉起了鐮刀。

「別害怕，我是時間唯一尊敬的人，他不會傷害我保護的孩子。」光明女神說，「青鳥藏在我的斗篷裡。蒂迪爾，照顧好青鳥。」

蒂迪爾接過青鳥，欣喜若狂，他終於看到了真正的青鳥：「看，牠的羽毛多麼青啊！」他能感覺到鳥兒在懷裡的幸福，他的心怦怦直跳。

幸福如此巨大。忽然，一陣風掀開了披在光明女神身上的斗篷，兩個孩子暴露在時間老人面前。他一聲怒吼，把鐮刀扔了過來。

蒂迪爾在驚慌中張開了雙臂，青鳥展翅飛向高空。

一瞬間，時間好像停止了，一切聲響都變得模糊不清，他不知道光明女神如何幫他擋住了時間老人的追趕。淚眼朦朧中，他望著青鳥在他的頭頂越飛越高、越飛越高，融入青天。牠那夢幻的青色翅膀多麼輕盈、透明，慢慢的，蒂迪爾分不清哪是青鳥，哪是天空……

第七章　光明女神的廟宇

未來世界是那麼好玩，成千上萬的青孩子，各式各樣的奇妙發明，喔！還有美麗的青鳥。那麼美、那麼青、那麼玲瓏剔透的青鳥，竟然飛進了自己的懷裡。蒂迪爾仍然覺得青鳥還在自己的懷裡顫動。

心中還在惆悵的想著飛走的青鳥，蒂迪爾不由自主的抱緊雙臂，可是卻什麼都沒有，一切彷彿夢一般消逝了。他拉著光明女神的手，不知不覺中已經回到光明廟宇。

當他們走進關著同伴們的地下室時，眼前的景象讓他們大吃一驚。這些吃喝無度的傢伙，居然一個個醉醺醺的睡在地板上。

就連狄洛也失去了往日的尊嚴，他倒在地上半夢半醒的豎起了耳朵，半張著眼皮望著他的小主人，勉強的站了起來，只見他頭一歪，身子一倒，又呼呼大睡起來。

只有貓神志清醒的坐在大理石凳子上，她敏捷的跳到地板上，滿臉笑容的朝蒂迪爾走來。

「我一直等著您回來。」她說：「等待真讓人著急，連吃喝玩樂的心情也沒有。我可不像他們那樣沒心沒肺，只知道吃喝吵鬧，吵得我都快聾了。你們不在，我一點也不開心。」

孩子們一聽，連聲讚美貓的忠心耿耿。貓心安理得的接受了，一點兒也不覺得羞愧。事實上，她除了愛喝牛奶以外，什麼也不愛吃。而且，她一心策劃著某一件事，顧不得玩樂。

「我能出去一會兒嗎？這裡快把我悶出毛病了。」貓女士親熱的吻了吻孩子們，然後向光明女神乞求道。光明女神同意了。媞萊特立刻披上斗篷，戴上帽子，套上柔軟的灰色長筒靴，飛快的奔向森林深處。

孩子們又累又餓，光明女神吩咐侍從們端來美味可口的菜餚和糕點，讓兄妹倆好好填飽肚子。

「瞧，你們開始打呵欠了，」光明女神慈愛的說：「我在廟宇的盡頭給你們搭了兩張小床，那裡光線暗，就像地球上的黑夜，走吧！」

在這座光的廟宇裡，光明女神帶領他們穿過許多房間，一路上他們見到了許多奇妙的光。在一些用光彩奪目的大理石築成的富麗堂皇的房間裡，他們的眼睛被耀眼的強光刺得生疼。

「這是危險的『富貴之光』，」光明女神解釋道：「人在裡面生活久了，很可能會失明。」

他們匆匆離開這些房間，一直來到了柔和的光線下。那裡是「窮人之光」。兩個孩子沐浴在柔光中，彷彿回到了自己家裡，周圍的一切都這麼樸實、寧靜。那微弱的光純潔、澄明，可是很不穩定，彷彿被風一吹，就會熄滅。

接著他們見到了「詩人之光」。這種光美得像彩虹般絢麗，在彩光的照耀下，他們看到可愛的花朵、可愛的鳥兒、可愛的玩具。蒂迪爾和米蒂兒歡喜的伸手去抓，可是一碰到它們，它們就消失了。

「真奇怪，為什麼我看得到卻抓不到？」蒂迪爾追得氣喘吁吁。

「以後你會明白的。」光明女神說：「等你明白了之後，你就會找到真正的青鳥。」

他們繼續往前走，一直來到了「學者之光」照耀的地方，這裡是已知和未知的交界地帶。蒂迪爾看到許多奇異的事物。

「我們快走吧，這兒讓人害怕。」蒂迪爾說。

他們又來到了「未知之光」，那裡有立著紫色柱子的大廳和閃爍著紅光的長廊，景色無比絢麗，米蒂兒雖然已經睏得睜不開眼睛，卻仍然深深的被迷人的紫色和紅色吸引住，他們戀戀不捨的離開了那裡。

最後，他們來到一間黑暗的小屋，黑光混沌一片，人們的眼睛還不能分辨這種光，所以把這種光叫做「黑暗」。

現在，兄妹倆累得什麼都看不清了，一頭倒在雲彩鋪成的小床上，睡著了。

第八章　墓地

光明女神的花園和廟宇一樣美麗。孩子們沒出去探險時，就躺在樹葉上休息，樹葉又肥又大，清風吹過，感覺就像躺在一張綠色的吊床上。

這裡永遠都是夏天，黑夜從不降臨。不同的顏色代表不同的時辰，有粉紅的、白的、藍的、黃的和綠的。時辰的顏色一變，花果、鳥、蝴蝶、香味，全跟著改變顏色。想要什麼玩具，眼前就會出現什麼玩具。比如他們想要一艘蜥蜴般的小船，就會有一隻如同小船一般、又長又寬的蜥蜴，載著他們在沙灘上飛馳。喔！忘了說了，沙灘上的沙子就像砂糖一樣白，一樣甜，他們有吃不完的糖。他們渴了，巨大的花朵杯子就會甩一甩頭髮，讓他們直接從百合、鬱金香、牽牛花裡喝水；他們餓了，就摘閃閃發光的水果吃，這些果子香甜多汁，有光的味道。灌木叢中，有一個大理石砌成的水池。這個水池很神奇，清澈的水面映出的不是人們的面容，而是他們的思想和靈魂。

「我討厭這個水池！」貓從來不肯走近水池。忠誠的狄洛則一點兒也不怕的常去喝水。蒂迪爾在照這面「魔鏡」的時候，經常看見一隻美麗的青鳥，因為尋找青鳥的願望占據了他的心靈。

「請告訴我，青鳥在哪兒？您是無所不知的。」蒂迪爾向光明女神請求。

「我不能告訴你，青鳥要靠你自己去尋找。」光明女神微笑著：「你每接受一次考驗，你就離牠近了一步。別灰心，你會找到牠的。」

有一天，光明女神對蒂迪爾說：「仙女傳話給我，青鳥很可能躲在墓地。好像是被一個墓地的死者藏在墳墓裡了。」

「墓地？那……我們該怎麼辦呢？」蒂迪爾問。

「半夜十二點轉動鑽石，他們就會從地底下出來。然後你就可以找啦！」

一聽到死人從地下鑽出來，牛奶、糖果、水和麵包全都顫抖不已。

「我才不怕他們！」火活蹦亂跳的說。

「我……我也不怕。」狗的牙齒在打顫。

「哼！你逃跑起來，不會比別人慢！」貓諷刺狗說。

「好了，你們和我都守在墓地外面。」光明女神說：「這是仙女的命令。」

「難道您不和我們一起去嗎？」蒂迪爾一聽，大驚失色。

「不，光是不能去死人那裡的。」光明女神說：「那裡並不可怕，我就在附近，勇敢去吧！」光明女神話音剛落，周圍的一切全都變了。雄偉的廟宇、美麗的花園全都消失了，眼前是一片荒蕪的墓地。

淒慘的月光下，墓地的十字架和墓碑清晰可辨，蕭瑟的夜風吹過茅草，發出「呼呼呼呼」的聲響，毛骨悚然的氣氛好像隨時會有鬼怪出現，孩子們嚇的抱成一團。

「我要回家！」米蒂兒帶著哭腔說。

「別害怕，有我呢！」蒂迪爾勇敢的摟住妹妹，雖然他也嚇得渾身發抖。

「死人兇嗎？」米蒂兒問。

「不兇。」蒂迪爾說：「因為他們已經死了。」

「我們會看見他們嗎？」

「當然，光明女神不是說了嗎？」蒂迪爾故作鎮定的說，他驚恐的掃了周圍一眼，自從他們來到這裡，動都沒動一下。「死人也許在青草和石頭底下。」

「那是他們的家嗎？」米蒂兒指著墓碑問。

「我想是的。」

「他們什麼時候出門？」

「天黑才出門。」

「他們也有孩子嗎？」

「當然有，那些死去的孩子也和他們住在一起。」

「他們吃什麼？」

「吃樹根。」雖然他不知道怎麼回答，可是身為哥哥，當然應該比妹妹知道得多。既然死人住在地下，肯定吃不到地面上的東西，於是他很肯定的說。

米蒂兒很滿意這個答案，於是她又回到她最關心的問題。

「我們會看見他們嗎？」

「當然，一轉動鑽石，什麼都看得見。」

「他們會說什麼呢？」

「他們不會說什麼，因為他們不說話。」蒂迪爾有點不耐煩了。

「他們為什麼不說話？」

「哎呀！你真煩！」蒂迪爾氣呼呼的嚷道，他再也忍不住了。他聳了聳肩，推了一下妹妹，原本抱著的兩個人分開了。

一陣風吹過，樹葉沙沙作響，他們感覺到恐懼和孤單，又緊緊的抱在一起。

為了打破可怕的寂靜，他們又開始說話。「哥哥，你快要轉動鑽石了嗎？」

「是的，等午夜十二點一到……」蒂迪爾聽到遠處傳來了鐘聲，就頓了一下。

「聽！」他慌張的說：「敲啦！……敲啦！你聽見了嗎？」

「啊！我要離開這裡！」米蒂兒一邊跺腳一邊尖叫，緊緊的拽住蒂迪爾要轉動鑽石的那隻手，害怕得哭著說：「哥哥，別轉！我害怕！我要離開這裡！」

蒂迪爾也嚇得渾身僵硬，可是光明女神交給他的任務，怎麼能中途放棄呢！「別走！不能再耽擱了！」鐘聲響起十二下的時候，他果斷的甩開米蒂兒的手，轉動了鑽石。一陣可怕的沉默……

突然，他們看到十字架在晃動，然後大地裂開了一道裂縫，石板一塊接著一塊掀了起來。

「他們出來了！他們出來了！」米蒂兒閉上眼睛，把頭埋在哥哥胸前。勇敢的蒂迪爾也不知道該怎麼辦，他閉上眼睛，像木頭人一樣，把身子緊緊貼在一棵大樹上，連大氣都不敢吐一口。

彷彿過了一個世紀，他們聽到一陣悅耳的鳥鳴聲傳來。一陣溫暖的風輕拂過蒂迪爾的臉龐，手和脖子都感覺到陽光的暖意，他驚魂未定，幾乎不敢相信這個奇蹟。他慢慢的睜開眼，看到眼前的景象，驚喜的歡呼起來。

裂開的墳穴長出美麗的花朵！它們四處蔓延，在小徑上，在樹上，在草地上……一直鋪展到天邊。滿眼都是盛開的玫瑰花，明媚的陽光照耀在花朵上，露水晶瑩閃亮。美麗的花蕊黃澄澄的，風吹葉響，沁人心脾的香氣充盈曠野，蜜蜂在歡快的飛舞吟唱。

「天啊！那些十字架不見了。」蒂迪爾說。

兄妹倆看得目眩神迷，他們手拉著手，走在玫瑰花叢中。他們本以為猙獰的骷髏骨架會從地下爬出來，追逐他們，他們還幻想過更可怕的畫面。可是現在，眼前發生的一切彷彿在告訴他們：**死亡並不可怕，生命永不停止，死亡只是生命變個形式罷了。**

玫瑰謝了，會灑下花粉，花粉會孕育新的玫瑰；凋零的花瓣會把香氣留在空氣裡，花從樹上落下，又會結出果實。還有那醜陋的毛毛蟲，居然會變成美麗的蝴蝶。什麼都沒有毀滅，只是不斷的變化。

可愛的鳥兒在蒂迪爾和米蒂兒周圍盤旋，牠們中間沒有一隻青鳥。可是兩個孩子一點兒也不失望，他們陶醉在美麗的死亡國度，驚喜萬分的叫著：

「死亡是不存在的！死亡是不存在的！」

第九章　危險森林

快樂的一天又過去了，孩子們很快就入睡了，光明女神吻了吻他們，走出了房間，以免自己身上的光打擾孩子們的美夢。

在夢裡，蒂迪爾正在和青孩子嬉戲，突然感覺有一隻毛茸茸的手在臉上拂來拂去。他驚醒過來，看到是貓女士，立刻鬆了一口氣。

「噓，別出聲！」貓悄聲說：「如果我們能溜出去，不被人發現的話，今晚就能捉到青鳥。親愛的小主人，這個計畫一定能成功。」

「可是光明女神讓我們別任意出去，」蒂迪爾說：「要請她幫忙嗎？」

「如果你告訴她，一切就泡湯了。」貓果斷的說：「她這麼亮，不適合夜晚出動。我們只有在黑暗中自己去尋找，才能找到給人們帶來幸福的青鳥。」

她一邊說，一邊趕緊給孩子們穿上衣服。蒂迪爾也信以為真了。

「這次我們一定能捉到青鳥，我敢肯定！」她信誓旦旦的說：「我問了森

林裡那些最古老的樹，他們都認識青鳥，因為牠就藏在他們之間。」

他們沐浴在皎潔的月光中，穿過田野，走向森林。貓似乎格外興奮，一路上嘮叨，走得飛快，孩子們幾乎跟不上她。他們一直走到森林的邊緣。就在這時，貓發現有一個人急匆匆的向他們跑來，原來是她的死對頭狄洛！她怒火中燒的想：他又要來破壞我完美的計畫嗎？她克制住憤怒，不懷好意的在蒂迪爾耳邊嘀咕道：「我們忠實的朋友來了，可是親愛的小主人，他在這兒會壞事，他跟誰的關係都不好，那些老樹都討厭他。請您快叫他回去吧！」

「走開，狄洛，這兒不需要你！」蒂迪爾聽信了貓的讒言，命令道。

聽到小主人的話，狄洛差點哭出來。他跑得上氣不接下氣，說不出話來，只是站在那兒，但是他無論如何也不會離開的，他的直覺告訴他，那隻貓肯定不安好心。

「你瞧他，根本不把您的命令放在眼裡，實在太可惡了。您需要用棍子教訓他一下。」貓繼續慫恿道。

蒂迪爾氣憤的拿起棍子抽打狄洛，他疼得哇哇亂叫。但他依然親吻著小主人的手說：「請讓我遠遠跟著您，我什麼也不說，我不會給您添麻煩的。」

蒂迪爾看到狗的忠誠，不知道該怎麼辦好。貓女士恨得咬牙切齒。這時，米蒂兒請求留下狄洛：「狄洛不在，我什麼都害怕，我要他留下。」

狄洛立刻朝米蒂兒熱情的撲了過去，差點把米蒂兒撞倒。「喔，好心的姑娘！多漂亮，多善良，我得抱抱她，我得親親她，再親一下，再親一下，再親一下……」

貓女士心裡卻暗想著：我會想其他辦法除掉這個可惡的傻子。

他們走進黑漆漆的大森林，兩個孩子害怕得依偎在一起。這時，貓喊了一聲：「我們到了，轉動鑽石！」

一瞬間，光從鑽石周圍擴散開來，眼前忽然出現了一幅奇異的景象。他們站在森林裡的一片空地上，周圍的老樹高聳入雲。突然，樹葉怪異的顫動起來，樹枝像人的手臂一樣伸縮、晃動，樹根從泥土裡走了出來，就像人腳一樣。每棵樹幾乎同時「劈劈啪啪」的裂開一道裂口，接著，每棵樹的靈魂都從裂縫中走了出來，是一個個外形滑稽的小人兒！

有的小人兒一躍而出，有的慢條斯理的踱出樹幹，他們都好奇的圍著孩子們，又儘量不離開自己的那棵樹。

「你們是誰？從哪兒來？我們好久沒說話了，真高興！現在終於可以結束沉默了！」愛說話的白楊樹像喜鵲一樣快嘴快舌的說。

菩提樹挺著大肚子，吸著菸斗，不急不緩的走了過來，打量著孩子們。白楊樹問他：「老菩提，你認識他們嗎？」

「我從來沒有見過他們。我只認識在月光下來看我的情人，或者在我樹枝下買醉的酒鬼。」

栗子樹穿著繡著粉紅和白色花朵的綠綢衫，高傲的瞥了孩子們幾眼，自命不凡的說：「這是什麼人？鄉下來的窮人嗎？」

「老天爺，完了！完了！」柳樹哭著說：「他們又來砍我的頭和胳膊當柴燒了！」柳樹是一個瘦小孱弱的老頭，總是踩著一雙大拖鞋。

蒂迪爾看得目瞪口呆，他不停的問貓：「他是誰？……他又是誰？……」貓女士向他介紹了每一棵樹的靈魂：「那個又矮又胖的侏儒是榆樹，他行動遲緩，脾氣壞得很；山毛櫸舉止文雅，性情活潑；白樺樹穿著白色的大長袍，就像幽靈；最高的是樅樹，他的身子又高又長。」

蒂迪爾幾乎看不到樅樹的臉，因為太高了，看起來是一個溫和而憂鬱的靈魂。然而站在旁邊的柏樹，穿著一身黑衣，看起來很嚴肅，讓蒂迪爾有些害怕。

不過，可怕的事情還沒有發生。這些樹的靈魂都高興的忙著聊天。孩子們連話都插不上，他們正準備問青鳥的事的時候，樹卻突然安靜了下來。所有的樹都彎著腰鞠躬，給一棵極老的樹讓道。這棵老橡樹的軀幹上，布滿了苔蘚和地衣。他一手拄著拐杖，一手搭著一棵給他領路的小橡樹，因為他是瞎子。他的白色長眉在夜風中浮動著。

「國王來了。」蒂迪爾看見他頭上寄生的綠色皇冠，心想：「他肯定知道

青鳥在哪裡。」老橡樹正準備過去，蒂迪爾突然驚喜的發現，青鳥就停在他的肩頭！

「青鳥就在他那兒！」蒂迪爾興奮的喊道：「請把牠給我吧！」

「肅靜，閉嘴！」大大小小的樹驚恐萬分的喊道。

「你是樵夫諦爾的兒子嗎？」老橡樹問蒂迪爾。

「是的，先生。」蒂迪爾不假思索的回答。

橡樹忽然氣得渾身顫抖，開始怒氣衝天的控訴起來：「你，你罪惡的爸爸，殺害我六百個兒子、四百七十五個叔伯姑嬸，一千兩百個堂表兄弟姐妹、三百八十個媳婦、一萬兩千個曾孫和曾外孫！」

「對不起，先生，我不知道這些……我想我爸爸不是故意的……」

「哼，你來這裡幹嘛？為什麼把我們的靈魂都叫出來？」

「先生，請原諒我們的打擾……貓說您會告訴我們哪兒可以找到青鳥。這都是為了仙女的小女兒，她病得很重。」

「夠了！」橡樹活了這麼大把年紀，他已經猜到這是貓佈下的陷阱，他也想趁機教訓他們，為森林裡飽受人類奴役的動、植物復仇。

「動物們都來了嗎？這不僅是我們的事，也是他們的事。」

「他們來了！」樅樹從大大小小的樹向遠處望過去：「兔子跑在最前面，後面跟著馬、公牛、山羊、狼、豬、驢、熊……」

所有動物的靈魂都用後腿走路，他們穿得跟人一樣，表情嚴肅的坐成一圈。沒規矩的山羊還在閒逛，豬還在尋找草根。

「都到齊了嗎？」老橡樹問。

「有幾隻沒來。母雞怎麼也離不開她的蛋；灰兔出門了；狐狸生病了，

看，這是醫生開的證明……呆頭鵝怎麼也聽不懂我的話；火雞正在發火。」

「他們真像毛絨玩具，真想摸一摸他們。」米蒂兒笑著跟蒂迪爾說。兔子最可愛了，尖耳朵上頂著一頂三角帽，穿著一件繡花短裙，胸前掛著一面小鼓。

老橡樹咳了一聲，義正辭嚴的說：「動物們、植物們，我們都知道，人類是危險的。這個小男孩，他擁有一個法寶，能奪取我們的青鳥，會直接威脅到我們的性命。在這緊要關頭，我認為任何猶豫都是愚蠢的，我們必須除掉他！」

「這是怎麼了？」蒂迪爾不解的問貓女士。

「沒什麼，他們只是有些急了，今年春天來得太晚了。」貓狡猾的回答。

只有狄洛敏銳的感受到空氣中的火藥味，他憤怒的朝老橡樹咧開嘴，吼道：「你看到我的牙齒了吧？老瞎子！你只配我咬一口，老瘸子！」

「閉嘴，叛徒！人類的走狗！」老橡樹氣憤的敲了一下拐杖。

「混帳，竟然侮辱老國王！」山毛櫸憤怒的說。

「真是成事不足敗事有餘！」貓對蒂迪爾說：「我說得沒錯吧！他就會礙事。快點命令他停止發瘋，老國王可得罪不起。」

「看我不咬掉你這個老乞丐的臭腳！」狗怒吼。

正當狄洛要撲向山毛櫸的時候，蒂迪爾對狄洛大喝一聲：「狄洛，快走開。」然後轉身對常春藤說：「先生，您願意把我的狗拴起來嗎？」

常春藤怯生生的走近狗先生：「他不會咬人吧？」

狗先生低聲嗥叫：「走近點兒，你這堆老藤條！過來啊！我們比劃比劃，看誰比較厲害！」

要不是蒂迪爾命令狄洛趴下，常春藤是無法把他捆住的。可是可憐的狄洛只能服從他的小主人。常春藤把他纏呀、繞呀，緊緊的捆在最粗的樹幹上。

「先生，現在可以把青鳥給我了嗎？」蒂迪爾小心翼翼的問老橡樹。

「絕對不可能！」老橡樹問大夥兒：「你們說，該怎樣處決這個男孩？」

公牛走上前說：「我認為，最切實可行的辦法是對準他的心窩，用我的角狠狠的頂過去。」母牛連忙拉住公牛，低聲責備：「你老實待著，你可別插手這種事，月光下那片草地，夠我一個人啃的，你可得陪我一起啃草去。」

山毛櫸提議用樹枝吊死他們，常春藤願意提供活結，樅樹打算拿出造棺材的木塊，柏樹說他來提供永久的墓地。菩提樹卻像個和事佬似的說：「孩子還那麼小，犯不著弄死他們，我看把他們關在空地上，由我負責把四周圍起來。」

「是誰在說話？」老橡樹不滿的問道：「難道我們中間也出了叛徒？」

貪婪的小豬接過話說：「我覺得應該把小姑娘先吃掉，她的肉一定很嫩。」

蒂迪爾警覺的問貓大夥兒是什麼意思，貓說：「我不知道他們怎麼了，但是情況看起來有些糟糕。」

「現在的問題是誰來打頭陣。」老橡樹說：「先出手的榮譽應該授予誰？」

「當然是德高望重的您了。」老樅樹立刻回應道。

「不行不行，我老了，眼睛看不見，腿腳又不方便。我的老兄弟，你永遠翠綠，既然我不能，就應該由你來承擔這項拯救大家的光榮使命。」可是樅樹婉言拒絕了，他說他已經獲得埋葬他們的榮譽了，他推薦力氣大的山毛櫸。

「絕對不行，」山毛櫸說：「我被蟲子咬得傷痕累累的。要不，榆樹和白楊去吧！」榆樹和白楊也紛紛推辭。榆樹露出他受傷的腳趾頭，說是給鼴鼠咬得他疼得站都站不起來；白楊樹也說自己在發高燒，渾身無力。

「一群膽小如鼠的東西！」老橡樹勃然大怒。「難道兩個小鬼頭就把你們給嚇破膽了嗎？既然這樣，就由我這個又瞎又殘的老東西來對付他們好了！」

他拿起拐杖向蒂迪爾摸索過去，邊走邊罵。蒂迪爾害怕極了，貓剛才跟他說要去平息眾怒，趁機溜了出去，米蒂兒在他身邊發抖。情急之下，他拔出一把小刀，勇敢的朝老橡樹揮去。所有的樹一看到蒂迪爾亮出刀子，立刻拖回了老橡樹。要知道，刀子是植物們的致命武器呀！

「我們的臉都丟盡了，丟盡了！」老橡樹氣得把拐杖扔到一邊，怒吼道：「讓動物們來拯救我們吧！動物們，上！」

「我就等著這句話！」公牛急不可耐的叫道：「讓你見識我牛角的厲害！」母牛趕緊拖住他的尾巴，勸阻他說：「千萬別幹蠢事！讓野獸們幹吧！」

「不！不！」公牛哞哞叫著：「別拖住我，我要給他們好看！」

米蒂兒嚇得尖叫起來，蒂迪爾抱住她說他能保護她。

「你們是衝著我來的吧？」蒂迪爾說。

「你現在才看出來啊？小不點兒！」驢呲著牙齒說：「不錯，還算有膽

量。」

「我什麼時候得罪你們了，你們要這樣對我？」蒂迪爾憤怒的說。

「我要報仇！」綿羊尖叫道：「你們吃了我的兄弟姐妹！」

驢和羊其實都是膽小鬼，他們心裡想著，等其他動物把孩子們撲倒在地了，再去分享勝利的果實。趁他們喊話這會兒，狼和熊一前一後把蒂迪爾撲倒在地上，所有動物都蜂擁而上，蒂迪爾揮動著小刀，大聲呼救：「狄洛，快來救救我！媞萊特，你在哪兒？快來！快來呀！」

「我來不了了，我的腳被咬傷了。」貓躲藏在大家看不到的地方說道。

蒂迪爾奮力抵抗著，可是很快他就傷痕累累了。他使盡力氣再一次呼救：

「救命，狄洛！狄洛！快來救我！狄洛！」

狗早就聽到了主人的呼救，這會兒他已經掙斷繩索，咬斷了勒在嘴裡的常春藤，飛快的撞開樹和動物，衝到主人身邊，奮不顧身的保護他。

「我來啦！我要狠狠的咬！我要讓你們知道我的厲害！」

「蠢貨！罪犯！笨蛋！叛徒！」所有的動物和樹木都大叫起來：「別管那個孩子了，他完蛋了，快到我們這邊來吧！」

「不！我才不做叛徒！人類是最好的，他們就是我的上帝！我要永遠忠於我的小主人。我要跟你們戰鬥！當心，小主人，熊過來了……提防公牛！」

蒂迪爾竭力自衛，卻無濟於事。「狄洛，我快不行了，好痛！榆樹打我！我的手流血了，不知道什麼動物咬了我一口！」說著，倒在地上。

「光明女神！」狄洛驚呼起來，「光明女神來了，我們有救了，她來了！」

果然，晨光照亮了森林，動物們和植物們都嚇得愣住了，他們不約而同往光明女神來的方向看去，在她身後，亮如白晝。她來到蒂迪爾身邊，心疼的看著渾身是傷的小男孩和小狗，不解的問道：「這是怎麼搞的？可憐的孩子，難道你不知道嗎？快轉動鑽石，孩子！」

蒂迪爾立刻回過神來照辦。轉眼間，樹木的靈魂衝回了樹幹，樹幹裂口也合上了。動物的靈魂不見了，只見遠處的草地上，一頭母牛和一頭公牛安靜的吃著青草。森林一片祥和。蒂迪爾心有餘悸，彷彿做了一場噩夢。

「要是沒有狄洛和刀子的話……」蒂迪爾慚愧的望著光明女神那張熟悉的臉，害怕的說。光明女神也為剛才的事深感不安，她知道孩子們已經吃夠了苦頭，受到了懲罰，不忍心責備他們。

蒂迪爾、米蒂兒和狄洛興奮的擁抱著，慶祝他們的劫後餘生。他們笑著細數彼此身上的傷，還好都是輕傷。只有貓女士還在斤斤計較：「狄洛把我的爪子都弄斷了！」她不懷好意的數落著。

「我恨不得把你吞了！」狄洛反脣相譏：「沒關係！這筆帳我先記著！」

「好了，好了！」蒂迪爾讓狄洛不要再無理取鬧了。

就這樣，他們平安回到了光明女神的廟宇。蒂迪爾依然感到愧疚，光明女神溫和的對他說：「我想你已經得到教訓，學會獨立面對一切，這對你而言是件好事。」

第十章　告別

孩子們自從出門旅行以來，已經快一年了，分別的時刻馬上就要到來了。光明女神最近總是憂鬱的數著剩下的日子，但沒有向他們透露什麼，對即將降臨的不幸，他們渾然不知。

在光明女神的花園裡，蒂迪爾和米蒂兒睡在女神的兩側，過去十二個月來發生很多事，教會了兩個孩子很多東西。然而，他們的同伴們卻沒有多少長進。麵包沉溺於饕餮之樂，胖得連路都走不動；火的脾氣依然暴躁，總是跟人吵架，落得沒人理睬的結局；水只喜歡和糖果黏在一起，可憐的糖果越來越瘦，水也不再清澈純淨；貓依然口是心非，謊話連篇，而狄洛也總是克制不了對她的憤恨不平。

「可憐的東西！」光明女神思忖著，嘆了口氣：「他們雖然獲得了生命，卻什麼都沒有學到。他們太愚蠢了，居然不懂得如何珍惜自己的幸福。現在他

們馬上就要失去幸福了，他們才會意識到……」

此時，一隻銀鴿飛落在光明女神的膝蓋上，牠的脖子上繫著一封信，上面寫著：「一年已到！」光明女神站了起來，揮了揮魔棒，周圍的一切美景消失了。過了幾秒鐘，朝陽升起，染黃了樹梢，大夥兒站在一堵牆前，牆上有一道熟悉的小門。依偎在光明女神懷裡的兩個孩子也醒了，他們驚訝的四處張望。

「這是哪兒？」蒂迪爾問。

「這是去年的今天，我們離開的那所屋子的圍牆。」

「您的意思是，我們到家了？」蒂迪爾歡呼：「我就要見到爸媽了？」

「太好了，我真想念他們。」米蒂兒叫起來：「我要親親他們。馬上！」

可是光明女神攔住了他們，她說爸爸媽媽睡得正香，別吵醒他們。

「再說……離別的鐘聲還沒有敲響，時間還沒有到。」她黯然的說。

「您要離開我們？」蒂迪爾驚訝的問。

「是的，一年已到，我不得不離開你們。仙女馬上會來向你們要青鳥了。」

「可是我什麼也沒有呀！『回憶國』的那隻變黑了，『夜宮』的全都死了，『未來世界』的飛走了，森林裡的也沒捉到。仙女會生氣嗎？她會怎麼說呢？」蒂迪爾沮喪的說。

「沒關係！」光明女神說：「雖然你沒捉到青鳥，可是你已經努力了，你的表現向大家證明了你的善良、勇敢和堅強。」光明女神微笑著，她明白，能找到青鳥和捉到青鳥是兩碼事，可是其中的祕密，她不能說穿，得由蒂迪爾自己去發現。她轉過身看哭泣的同伴們，吩咐他們和孩子們一一告別。

麵包立刻把鳥籠送到蒂迪爾身邊，說：「主人，現在我把我一路照看的鳥籠還給你，願你找到青鳥，現在，我代表大家……」

「你沒權力代表我！」火又發火了：「我要自己發言。」

「一個仇敵和對手，他的惡意打斷阻止不了我將義務履行到底。」

「不准以我的名義！」火怒吼道：「我自己有嘴巴！」

「我以全體的名義，懷著悲傷的心情，向兩位上帝的小選民告辭，他們崇高的使命在今天結束。」麵包雄赳赳氣昂昂的說完，如釋重負。

「連你也要和我們分手嗎？」蒂迪爾問。

「是，我就要離開你們了。」麵包傷心的說：「你們再也見不到活生生的我，聽不見我說話了。不過，我會一直在那口鍋子裡、桌子上，我是你們最忠實的朋友。」

「我才是！」火又生氣了。

「沒時間給你們爭吵了！」光明女神說：「趕快和孩子們告別吧。」

火衝了上去，抱住孩子們吻別。

「哎呀，我的臉好燙呀！」米蒂兒痛得快要掉淚了。

「我的鼻子快要燒焦了。」蒂迪爾說著笑了。

「火，克制一下你的熱情，你不是在和壁爐打交道。」光明女神說。

「讓我來，我可愛又溫柔，我會把你們的燙傷治好。」水走上前去。

「當心，別讓她把你們弄得全身濕透！」火冷嘲熱諷道。

「我對人類很友善。我總在那兒，清澈見底的井裡，淙淙流淌的溪邊。」她邊說邊流著淚，地上濕了一片。「當然，你們也能在水壺裡見到我。」

糖果一瘸一拐的走上前，說：「我實在太傷心了。請記住，我對你們總是甜蜜的，我不多說了，要是眼淚流在我的腳上，會使我受傷的。」

「騙人！一滴眼淚也沒有。」麵包嚷道。

蒂迪爾感激的看著大家，忽然發現貓和狗不見了。

「狄洛和媞萊特呢？」他問道。

貓狼狽不堪的跑了過來，頭髮亂七八糟，衣服被撕破了一個洞，她用手帕捂著臉，痛苦的呻吟著。狗在後面窮追不捨，對她不停的又咬又罵。大家急忙把他們分開。貓可憐兮兮的邊哭邊說：「他拽我的尾巴，還在我的食物裡放釘子。」

「你活該挨揍！活該！」狗毫不否認，激動的喘著粗氣。直到光明女神吩咐他和孩子們吻別，他突然停了下來，臉色變得慘白。

「吻別？」可憐的狄洛喃喃道：「我們要和兩個孩子分開了嗎？」

「是的。」光明女神說：「你知道，鐘聲一響，我們都要回歸沉默。」

狗發出一陣絕望的狂吠，撲倒在兩個孩子身上：「不！我不想分開！我要像現在這樣，我要說話。我會改掉所有的壞毛病，再也不偷吃了，我會保持整潔，要我做什麼我就做什麼。」狄洛跪在孩子們面前抽泣著，哀求著。

忽然，他有了一個絕妙的主意。他突然一把抱住貓，親吻了她一下，「我再也不和貓打鬧了，留下我吧！」貓吃驚的跳到米蒂兒身後。米蒂兒天真的說：「媞萊特，只有你還沒有和我們吻別呢！」

貓虛情假意的說：「我是非常非常愛你們的。」

「現在，」光明女神微笑著說：「輪到我向你們告別了。」她張開斗篷，裹住孩子，親熱的吻了他們。

蒂迪爾和米蒂兒萬般不捨的拽著她，泣不成聲：「不，不，不！」他們喊道：「和我們一起留下來吧……爸爸媽媽會同意的……你一個人去哪兒？」

「我就在你們身邊不遠。」光明女神說：「聽著，蒂迪爾，這世界上的一切，都是無始無終的。如果你細心觀察，就會發現我沒有真正離開。」光明女神像母親一樣安慰他說：「我是人類無法理解的光，但我會永遠看護你們。我沒有水姑娘的優美嗓音，我只有光明。可是你們要記住，在每一道灑下的月光裡，在每一顆閃耀的星星裡，在每一個升起的黎明裡，在每一盞點亮的燈裡，在你們靈魂的每一個善良的念頭裡，我都在對你們說話……」

這時，小屋裡的掛鐘敲響了八下。光明女神停了一會兒，然後用微弱的聲音說：「再見！……再見！……」她的薄紗消失了，她的眼睛閉上了，她的身影隱沒了，淚光中，孩子們只看見一道亮光向遠處飛去，孩子們回頭一看，其他人也不見了。

第十一章　醒來

樵夫諦爾的小屋子裡，時鐘已經敲響了八下，可是兩個孩子還在床上酣睡。媽媽插著腰，站在床邊看著蒂迪爾和米蒂兒，笑著責備他們。

「太陽都曬到屁股上了，快起床，兩個懶蟲！」

可是無論她怎麼搖他們，親他們，拽他們身上的被單，他們依舊沒醒。他們眼睛緊閉著，大張著嘴巴，臉頰紅得像蘋果似的。最後，媽媽輕輕拍了一下蒂迪爾的胸口，他才迷迷糊糊的睜開眼睛，嘟囔了一句：「光……別走……你在哪兒？……別走……」

「光？」媽媽笑著說：「光當然在這兒啦……天亮了好久了，光沒有離開我們。」說著，她走到窗前拉開簾子，炫目的陽光照射進房間。

「媽媽！媽媽！」蒂迪爾揉了揉眼睛說：「是你呀！」蒂迪爾此時已經完全醒過來了，他已經這麼久沒見媽媽了，兩個孩子怎麼親她也親不夠。

「當然是我，怎麼了嗎？怎麼這樣看著我？我鼻子倒過來了嗎？」媽媽有些慌了，兩個孩子不停的跟她說什麼出去旅行一年的事，什麼青鳥、麵包、牛奶、水、糖果、火、貓和狗，還說在回憶國裡見到爺爺奶奶，未來世界有許多青孩子。

媽媽不解的問：「你說什麼呢？孩子，你們是不是做了同一個夢？昨晚你們上床睡覺，今天早晨就醒來了。今天是聖誕節，你們沒聽到鐘聲嗎？」

「今天當然是聖誕節，我知道。一年前的今天，我真的出門了。您別生氣。要不，你問問米蒂兒。」於是，米蒂兒也和哥哥一起，你一言我一語的，繪聲繪影的說起那些奇奇怪怪的事。「媽媽，爺爺奶奶可熱情了，他們雖然死了，但是身體可好啦！我們和弟弟妹妹玩得可開心了。」

媽媽實在受不了了，她喊來爸爸。「諦爾，孩子們說起胡話來了，他們是不是生病了，你快來看看！」爸爸提著斧頭，一邊聽著媽媽的哭訴，一邊走進房間。

蒂迪爾和米蒂兒一看到爸爸，立刻抱住他問：「爸爸，這一年您忙嗎？」聽了孩子們的故事，爸爸納悶：「這是怎麼回事？他們的氣色很好，不像是生病呀！」

「諦爾，快去請一個醫生來。你瞧，他們都神志不清，快要出事了！」爸爸平靜的點點頭，安慰妻子說：「他們很好，別著急。」

這時，門鈴響了。一位老太太走進來，她拄著拐杖，和仙女十分相像。孩子們立刻過去摟住她的脖子，歡呼著：「貝麗仙女來了！」

老太太對媽媽說：「天氣有點冷，我來借點火。孩子們，你們好！」

這時，蒂迪爾忽然想起了什麼，他沒找到青鳥，但是他覺得自己應該誠實以告。他坦白的告訴仙女說：「對不起，貝麗仙女，我沒能找到青鳥。」

「你說什麼呢？」老太太驚問。

「蒂迪爾，你不認識貝克特太太了嗎？」媽媽又擔心起來。

「我當然認識，她就是貝麗仙女。」

「什麼？貝麗仙女？」

「我是貝克特太太，孩子。」老太太搖著頭說：「看來你做夢還沒醒呢！我的小女兒經常這樣說夢話。」

「您的小女兒好點了嗎？」媽媽關心的問。

「還是老樣子，還是躺在床上起不來。醫生說是脊椎的問題。我知道什麼能治好她的病。她今天早上還向我討著要，說是當她的聖誕禮物。」

老太太猶豫的一邊說著，一邊望著蒂迪爾：「她總是想著……」

大家都沉默的看著蒂迪爾，其實大家都明白鄰居貝克特太太的話是什麼意思。她的小女兒一直都想要蒂迪爾的那隻斑鳩。可是他太喜歡那隻斑鳩了，一直都捨不得……

「蒂迪爾，行了，你還不肯把你的鳥兒給這位可憐的小姑娘嗎？她已經眼巴巴盼了這麼久！」

「我的鳥兒！」蒂迪爾嚷道。他拍著前額，好像他們提到了什麼稀奇的事兒。「我的鳥兒！」他喃喃的說：「沒錯！還有籠子！米蒂兒，你看見那個籠子了嗎？就是麵包提的那個鳥籠……對，就在那邊，就是那個籠子！」

蒂迪爾立刻搬來一把椅子，放在懸掛的鳥籠下方，興奮的爬了上去。「我當然願意！」蒂迪爾一邊說一邊取下鳥籠，突然他驚叫道：「我的鳥，是青色的！我不在家的時候，我的斑鳩變成青色的了！」

蒂迪爾高興的從椅子上蹦了下來，他一邊跳著舞一邊嚷著：

「原來我四處尋找的青鳥就在我們家裡，原來牠就是我一直找尋的青鳥。米蒂兒，你看見這隻鳥了嗎？光明女神會怎麼說？啊，太棒了！貝克特太太，給您，趕緊給您的小女兒拿去吧！」

媽媽撲倒在爸爸懷裡，痛苦的說：「他又說胡話了……他又不行了……」貝克特太太卻高興得喜笑顏開，她簡直不敢相信自己的耳朵：「你真的給我？喔，我的女兒會多麼高興啊！我現在就拿回家去，給她看看。」

「快去吧，有些青鳥會變顏色的！這隻青鳥能給她帶來健康。」

貝克特太太衝了出去，蒂迪爾送她出了門。然後，他站在門檻上，轉身看著小屋的牆，打量著周圍的一切，彷彿看到了什麼奇蹟。

「爸爸媽媽，你們把我們的房子怎麼了？」他問：「房子還是原來的，可是看起來更漂亮了。」爸爸媽媽被蒂迪爾的話搞糊塗了，他們彼此大眼瞪小眼。

蒂迪爾接著說：「窗外的森林，多麼茂盛，生活在這裡多麼幸福。」

蒂迪爾覺得身邊的一切變得更美了，他的感覺沒錯。仙女在夢中給他的鑽石沒有白給，他知道如何發現身邊事物的美了。經過那麼多考驗之後，他比從前更勇敢了，在尋找青鳥的過程中，他變得更加善良、慷慨及樂於助人。在那些充滿非凡想像的奇妙之旅中，他的心靈也變得更開闊了。

蒂迪爾快樂的環視小屋。他靠在麵包箱上，親切的和麵包說話；他衝到在籃子裡睡覺的狄洛旁邊，稱讚他在森林的英勇。米蒂兒彎下腰，輕輕的撫摸在壁爐旁打盹兒的媞萊特：「嗨！媞萊特，雖然你不會說話了，但我知道你一定還認識我。」

「我的鑽石呢？誰拿走了我的鑽石帽子？」蒂迪爾忽然想起了他的寶貝。「也沒有關係，反正我已經用不著它了。早安，火先生！早安，水姑娘！早安，麵包先生！早安，牛奶小姐！」他熱烈的問候著：「我多麼快樂啊！」

「我也是，我也是！」米蒂兒說。

兩個孩子高興的跳起舞來。

媽媽看到孩子們生龍活虎的樣子，總算鬆了口氣。蒂迪爾的爸爸坐在那兒，一邊喝粥，一邊笑著說：「你瞧，他們在玩幸福的遊戲呢！」樵夫不知道，孩子們不是在玩幸福的遊戲，他們是真正感受到

了幸福。一場美夢給他們上了最重要、最奇妙的一課。

「我最喜歡光了。」蒂迪爾踮著腳尖站在窗邊，對米蒂兒說：「你看，她就在樹木那邊。晚上，她會在星星和燈裡出現。對，她是無處不在的。」

他停下來，想著什麼似的。一陣歡笑聲由遠而近的傳來，越來越近。

「是她的聲音！」蒂迪爾說：「我去開門。」

鄰居貝克特太太和她的小女兒走進屋。

「瞧瞧，我的女兒能跑會跳了。真是奇蹟！她一看到青鳥，病就好像好了似的。」貝克特太太欣喜若狂。小姑娘身穿白色睡衣，站在中間。她開心的抱著蒂迪爾送給她的青鳥，微笑著站在眾人面前。

「她長得真像光明女神。」米蒂兒說。

「真的，只是比光明女神小一點兒。」蒂迪爾說。

「我會長大的，謝謝你。」小女孩說。

三個孩子高興極了，他們拿了一點兒吃的東西，餵著青鳥。大人們也放心了，微笑著看著他們。蒂迪爾的臉上泛著幸福的光。不知不覺中他發現了光明女神的祕密——**我們給別人幸福，自己會更幸福。**

可是，意外的事情發生了。導致大家亂作一團，孩子們尖叫起來，大人們伸出雙臂，他們所有人衝出門口。鳥兒突然飛走了！一下子就飛走了！

「我的鳥兒！我的鳥兒！」小女孩抽泣著說。

「沒事兒。」蒂迪爾說：「你別哭，我知道牠還在屋子裡，我們會找到牠的。」

他親了一下小女孩，小女孩破涕為笑。

「你一定能捉住牠的，對吧？」她問。

「當然，我知道牠在什麼地方。」蒂迪爾肯定的回答：「牠就在屋子的某個角落裡。」

如果光明女神一開始就這樣告訴孩子們，他們肯定不會相信！

「怎麼可能？青鳥怎麼可能是我的斑鳩？我的斑鳩是灰色的。青鳥也不可能在我們家裡，我們家沒有漂亮的玩具，沒有美味的蛋糕，真沒有意思。青鳥一定在外面的世界裡，我們要去探險。」

蒂迪爾肯定會這麼說，他們還是會一樣選擇踏上旅途，因為生活的智慧從來不是透過別人告訴我們，而是要親身體驗才能領會到的。

我們每個人的幸福，都只能自己去尋找。只有在歷盡艱辛之後，我們最終才會明白：**幸福就在我們身邊。心懷美好的願望，享受簡單的快樂，就是幸福的真諦。**

旅遊頻道 YouTuber

在尋找青鳥的旅途中，走訪回憶國、夜宮、幸福花園、未來世界……

在動盪的歷史進程中，面對威權體制下，看似理所當然實則不然的規定，且看帥克如何以天真愚蠢卻泰然自若的方式應對，展現小人物的大智慧！

地球探險家

動物是怎樣與同類相處呢？鹿群有什麼特別的習性嗎？牠們又是如何看待人類呢？應該躲得遠遠的，還是被飼養呢？如果你是斑比，你會相信人類嗎？

遠在俄羅斯的森林裡，動物和植物如何適應不同的季節，發展出各種生活型態呢？快來一探究竟！

咦！人類可以騎著鵝飛上天？男孩尼爾斯被精靈縮小後，騎著家裡的白鵝踏上旅程，四處飛行，將瑞典的湖光山色盡收眼底。

歷史博物館館員

探索未知的自己

未來，你想成為什麼樣的人呢？探險家？動物保育員？還是旅遊頻道YouTuber……
或許，你能從持續閱讀的過程中找到答案。
You are what you read!
現在，找到你喜歡的書，探索自己未來的無限可能！

你喜歡被追逐的感覺嗎？如果是要逃命，那肯定很不好受！透過不同的觀點，了解動物們的處境與感受，被迫加入人類的遊戲，可不是有趣的事情呢！

哈克終於逃離了大人的控制，也不用繼續那些一板一眼的課程，他以為從此可以逍遙自在，沒想到外面的世界，竟然有更大的難關在等著他……

到底，要如何找到地心的入口呢？進入地底之後又是什麼樣的景色呢？就讓科幻小說先驅帶你展開冒險！

動物保育員

森林學校老師

打開中國古代史，你認識幾個偉大的人物呢？他們才華橫溢、有所為有所不為、解民倒懸，在千年的歷史長河中不曾被遺忘。

瑪麗跟一般貴族家庭的孩子不同，並沒有跟著家教老師學習。她來到荒廢多年的花園，「發現」了一個祕密，讓她學會照顧自己也開始懂得照顧他人。

以人為鏡，習得人生

正直、善良、堅強、不畏挫折、勇於冒險、聰明機智……
有哪些特質是你的孩子希望擁有的呢？
又有哪些典範是值得學習的呢？

【影響孩子一生的人物名著】
除了發人深省之外，還能讓孩子看見
不同的生活面貌，一邊閱讀一邊體會吧！

★ 安妮日記

在納粹占領荷蘭困境中，表現出樂觀及幽默感，對生命懷抱不滅希望的十三歲少女。

★ 清秀佳人

不怕出身低，自力自強得到被領養機會，捍衛自己幸福，熱愛生命的孤兒紅髮少女。

★ 湯姆歷險記

足智多謀，正義勇敢，富於同情心與領導力等諸多才能，又不失浪漫的頑童少年。

★ 環遊世界八十天

言出必行，不畏冒險，以冷靜從容的態度，解決各種突發意外的神祕英國紳士。

★ 海蒂

像精靈般活潑可愛，如天使般純潔善良，溫暖感動每顆頑固之心的阿爾卑斯山小女孩。

★ 魯賓遜漂流記

在荒島與世隔絕28年，憑著強韌的意志與不懈的努力，征服自然與人性的硬漢英雄。

★ 福爾摩斯

細膩觀察，邏輯剖析，揭開一個個撲朔迷離的凶案真相，充滿智慧的一代名偵探。

★ 海倫・凱勒

自幼又盲又聾，不向命運低頭，創造語言奇蹟，並為身障者奉獻一生的世紀偉人。

★ 岳飛

忠厚坦誠，一身正氣，拋頭顱灑熱血，一門忠烈精忠報國，流傳青史的千古民族英雄。

★ 三國演義

東漢末年群雄爭霸時代，曹操、劉備、孫權交手過招，智謀驚人的諸葛亮，義氣深重的關羽，才高量窄的周瑜……

想像力，帶孩子飛天遁地

灑上小精靈的金粉飛向天空，從兔子洞掉進燦爛的地底世界……
奇幻世界遼闊無比，想像力延展沒有極限，只等著孩子來發掘！
透過想像力的滋潤與澆灌，讓創造力成長茁壯！

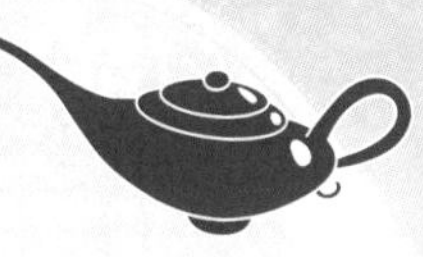

精選了重量級文學大師的奇幻代表作，
每本都值得一讀再讀！

★西遊記

蜘蛛精、牛魔王等神通廣大的妖怪，會讓唐僧師徒遭遇怎樣的麻煩？現在就出發，踏上取經之旅。

★柳林風聲

一起進入柳林，看愛炫耀的蛤蟆、聰明的鼴鼠、熱情的河鼠、富正義感的獾，猶如人類情誼的動物故事。

★小王子

小王子離開家鄉，到各個奇特的星球展開星際冒險，認識各式各樣的人，和他一起出發吧！

★叢林奇譚

隨著狼群養大的男孩，與蟒蛇、黑豹、大熊交朋友，和動物們一起在原始叢林中冒險。

★小人國和大人國

想知道格列佛漂流到奇幻國度後，除了幫助小人國攻打敵國、在大人國備受王后寵愛之外，還有哪些不尋常的遭遇嗎？

★彼得・潘

彼得・潘帶你一塊兒飛到「夢幻島」，一座存在夢境中住著小精靈、人魚、海盜的綺麗島嶼。

★快樂王子

愛人無私的快樂王子，結識熱情的小燕子，取下他雕像上的寶石與金箔，將愛一點一滴澆灌整座城市。

★一千零一夜

坐上飛翔的烏木馬，讓威力巨大的神燈，帶你翱遊天空、陸地、海洋等神幻莫測的異族國度。

★愛麗絲夢遊奇境

瘋狂的帽匠、三月兔、暴躁的紅心王后……跟著愛麗絲一起踏上充滿奇人異事的奇妙旅程！

★杜立德醫生歷險記

看能與動物說話的杜立德醫生，在聰慧的鸚鵡、穩重的猴子等動物的幫助下，如何度過重重難關。

影響孩子一生名著系列 05

青鳥

珍惜與分享幸福

ISBN 978-986-95585-4-9 / 書 號：CCK005

作　　者：莫里斯 · 梅特林克 Maurice Maeterlinck
主　　編：林筱恬、陳玉娥
責　　編：王一雅、潘聖云、陳洳璇、徐嬿婷、呂沛霓
插　　畫：蔡雅捷
美術設計：巫武茂、涂敞俽、蔡雅捷、鄭婉婷
審閱老師：施錦雲

出版發行：目川文化數位股份有限公司
總 經 理：陳世芳
發　　行：劉曉珍、柯雁玲
法律顧問：元大法律事務所 黃俊雄律師
桃園地址：桃園市中壢區文發路 365 號 13 樓
電　　話：(03)2871448
傳　　真：(03)2870486
電子信箱：service@kidsworld123.com
網路商店：www.kidsworld123.com
粉絲專頁：FB「悅讀森林的故事花園」

國家圖書館出版品預行編目 (CIP) 資料

青鳥 / 莫里斯．梅特林克作．-- 初版．--
臺北市：目川文化，民 106.12
面；　公分．--（影響孩子一生的世界名著）
注音版
ISBN 978-986-95585-4-9（平裝）

881.759　　106025091

印刷製版：長榮彩色印刷有限公司
總 經 銷：聯合發行股份有限公司
地址：新北市新店區寶橋路 235 巷 6 弄 6 號 4 樓
電話：(02)2917-8022

出版日期：2018 年 4 月（初版）
再版日期：2021 年 8 月
定　　價：280 元

建議閱讀方式

型式	圖圖圖	圖圖文	圖文文		文文文
圖文比例	無字書	圖畫書	圖文等量	以文為主、少量圖畫為輔	純文字
學習重點	培養興趣	態度與習慣養成	建立閱讀能力	從閱讀中學習新知	從閱讀中學習新知
閱讀方式	親子共讀	親子共讀 引導閱讀	親子共讀 引導閱讀 學習自己讀	學習自己讀 獨立閱讀	獨立閱讀